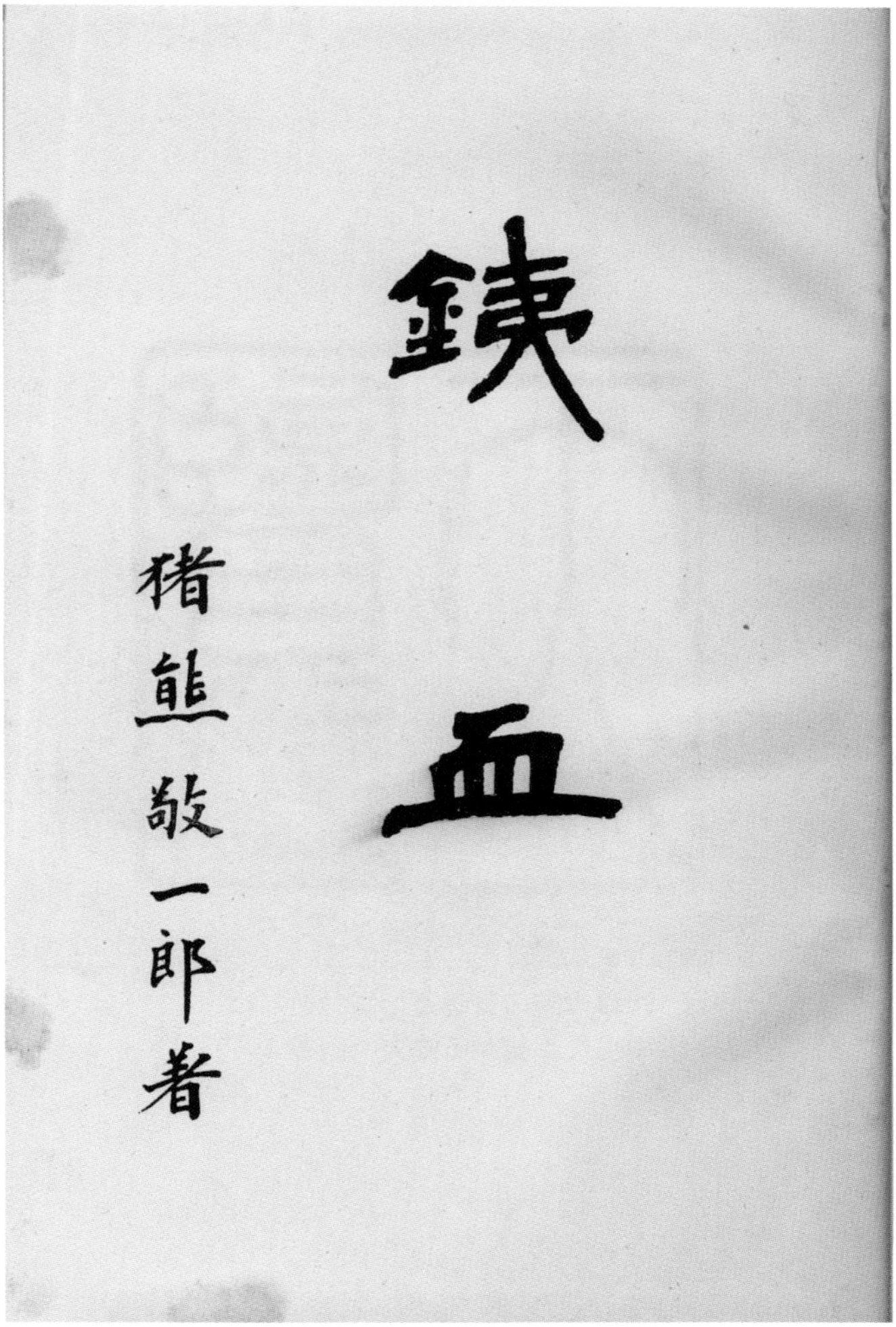
銕血
猪熊敬一郎著

『鉄血』（初版本・明治 44 年・明治出版社）中表紙

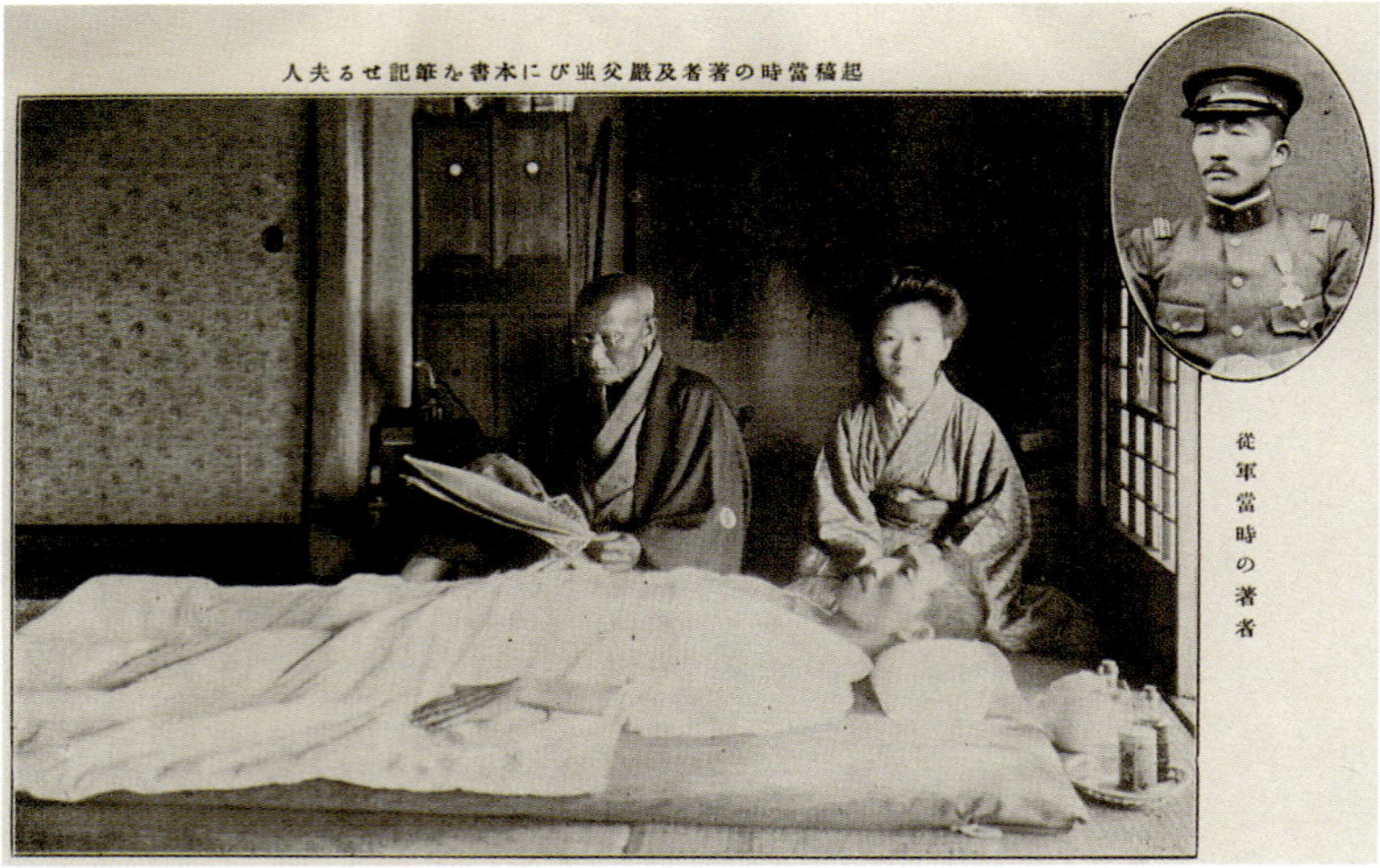

起稿当時の著者及び厳父並びに
本書を筆記せる夫人（同書より）

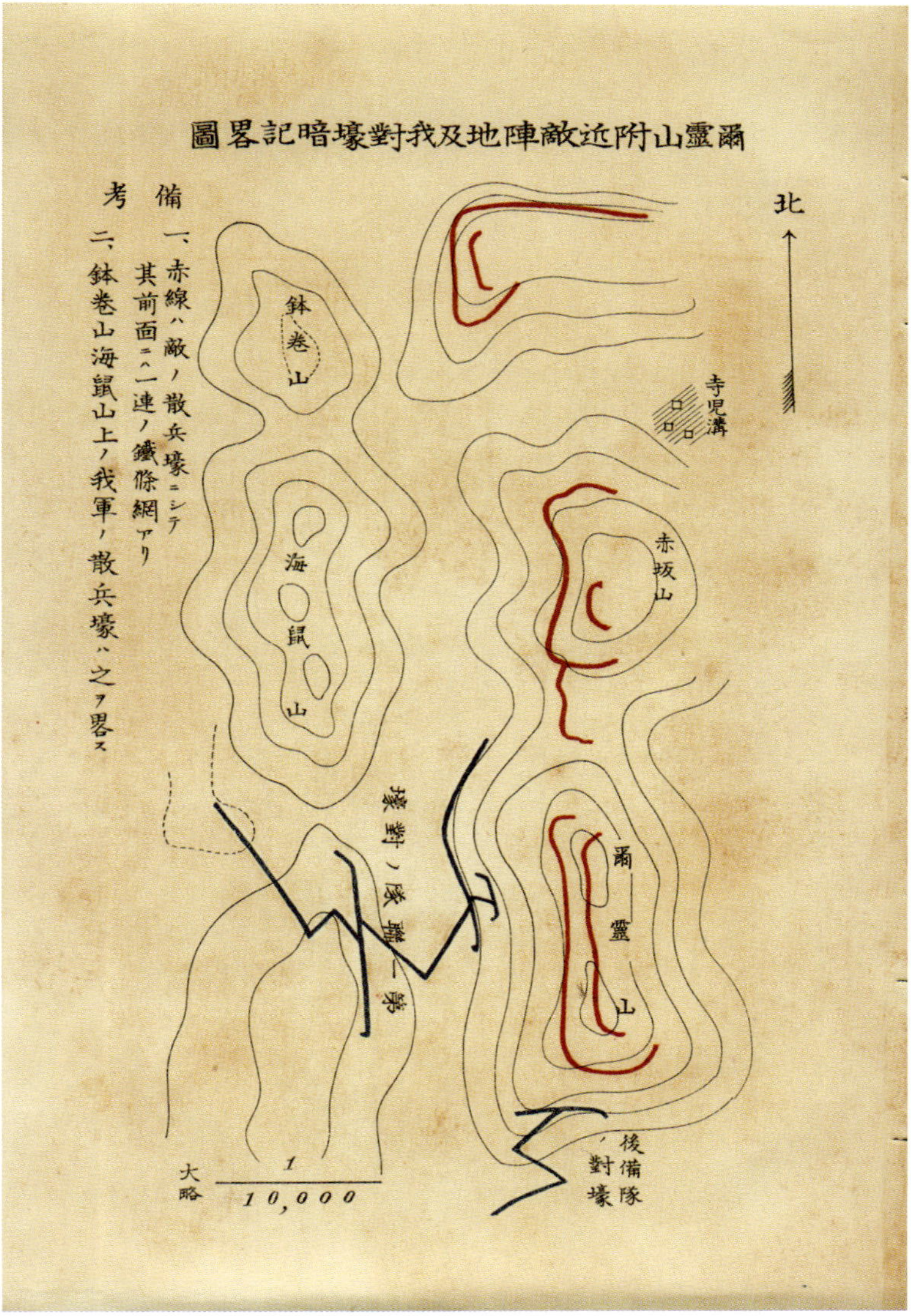

爾霊山（二〇三高地）付近敵陣地及び我が対壕暗記略図

（同書より）

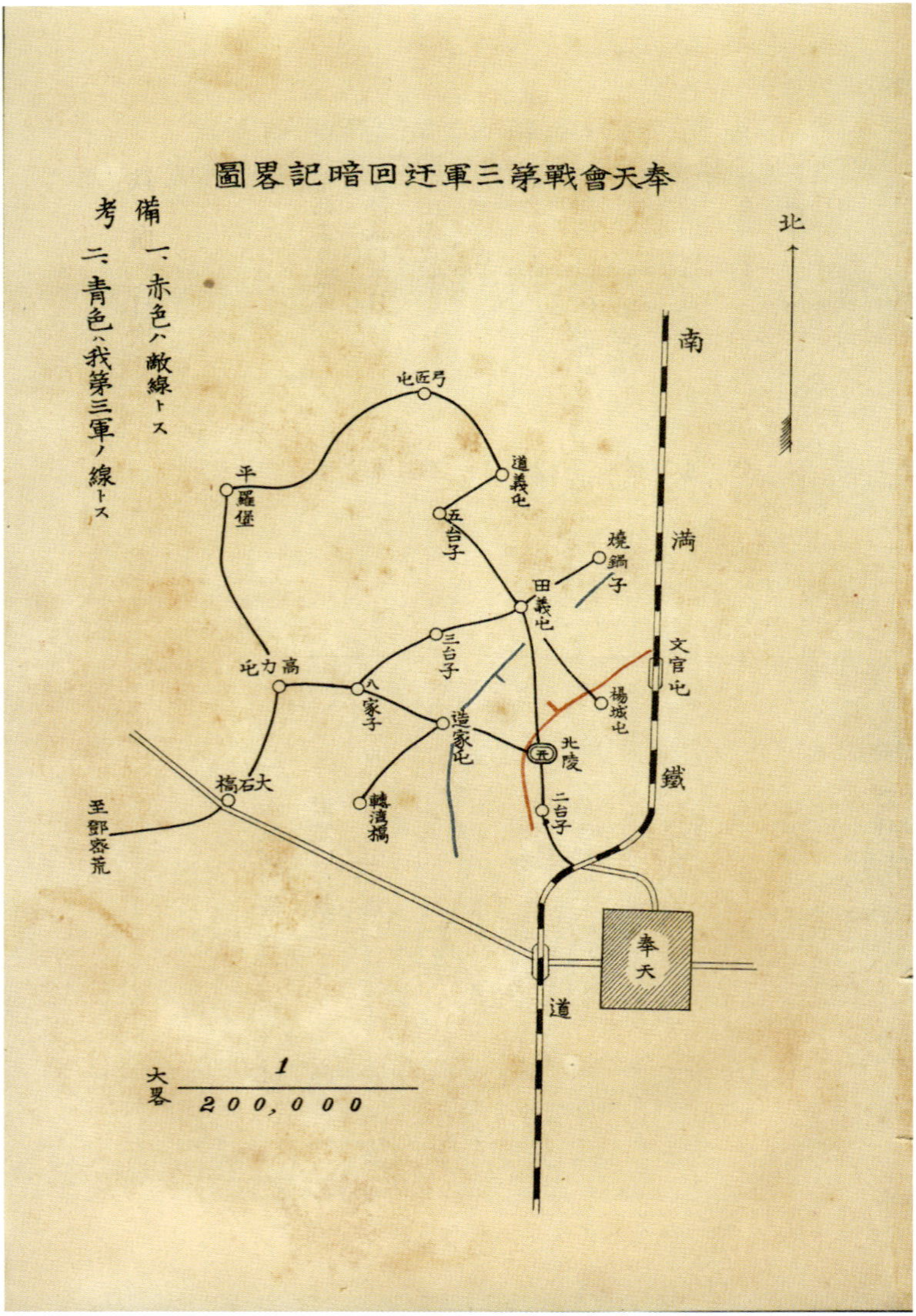

奉天会戦　第三軍迂回暗記略図
（同書より）

鉄　血〈目次〉

日露戦争戦記文学シリーズ（一）

鉄血

陸軍中尉　猪熊　敬一郎

解　　題　前澤　哲也

凡例

本書では、読者の読みやすさを考慮して、旧仮名を現代仮名遣いに替え、漢字の旧字体は新字体に改め、また適宜、句読点・かぎカッコを加え、明らかな誤記は訂正し、難解な語句には振り仮名・(注)をつけ、原文では漢字で記されていた形式名詞・補助動詞・連体詞・指示代名詞・副詞の一部は仮名書きとした。なお、文中には現在では差別用語とされる不適切な表現があるが、史料という点を考慮し原文通りとした。

自序

餘命は尚夕陽の如き乎。楽天の詩に曰く『夕陽限りなく好し、然れども黄昏なるを如何せん』と。予は一剣一誠の武人にして、幸いにも日露の役に従軍し、旅順奉天の各戦に丹心を試むるを得たり。凱旋の後不治の病を得、今や二十九歳にして一生を了せんとし、此書を遺す。知らず、予が餘命の夕陽の如き乎。将また秋風戦ぐ夕の野の如き乎。

明治四十四年八月　猪熊敬一郎　識

一　帝都より戦地へ

東洋の風雲日に急にして、世界の視聴はことごとく満洲、朝鮮に注がれ、露国軍隊遣東の報は櫛《くし》の歯を引くが如くに繁くして、日露の外交交渉は荏苒《じんぜん》として結末を告げない。最早《もはや》かくなる上は、武力に訴えて事を決するの外《ほか》あるまいと人も我も思うていた明治三十六年、予は市ヶ谷台上の校舎に一生徒として、どうか卒業する迄は平和が維持され、卒業後はたとえ見習士官で一生を送っても従軍してみたい、とそれのみを楽しみに勉強しておった。

仁川港外の砲声に平和の夢破れて、東郷艦隊の砲弾旅順の敵を見舞い、ロスキーの馬蹄、半島から断たれた頃には、幸いなる哉、予等は既に見習士官として師団附となっており、動員下令の日を今日か明日かと待っていた。忘れもせぬ明治三十七年三月六日、動員令は遂に我が師団に下り、将校見習士官は集会所に集合して、連隊長より戦時職務の命課を受けた。その一日の嬉しさ、凛々たる士気は溢るるばかりに連隊中に満ちて、我も人も眉宇の間に漏るる勇気を隠すことは出来なかった。当時、予は野戦第六中隊の小隊長であった。

十九日は愈々《いよいよ》出征の日である。予の父は愛児と最後の決別をなすべく十八日に出京した。この日より初めて少尉の服を着たる予は、心を躍らせつつ車を飛ばせて父の宿れる京橋区の一親戚に急いだ。父は莞爾として予を迎え給い、故郷の母に送るべく撮影した後、家では予等父子のために決別の酒宴を設けてくれた。父は大酒家であるが、予と対酌をゆるしたのはこれが初めてである。これが一生の別れと思えばこそと、父も思うていたろう、予も思いつつ幾回か盃を重ねた。父は予に向かいて「私は父として汝を教育し、少尉にまでなしたることなれば、親としての義務は終わった。汝はこれより汝の国家の為に義務を果たせよ」と仰せられた。二十年間愛撫の恩を思い、一朝の死別を思えば、予は何と言うべきかを知らず、そぞろ涙が眼に浮かぶのであった。やがて帰営時刻の近づくまま夕飯を終り、惜しき袂を分かつこととなった。乳臭の少年なる予はかかる場合に臨んで何と別離の言葉を述べてよいやら分らない。辛うじて言うよう、

「長らく御教育を受け、この上のお世話は最早願わぬ所になれば、明日の出発にもお見送りは御無用になされたく、帰るか帰らないか分りませんが行って参ります。」

とかくて名残惜しい袖をふりはなち、屯営に帰った。

明くれば十九日、朝まだきより、霙《みぞれ》ふりしきり、雄心愈々卓落たるものがある。住み馴れし営舎の前に最後の整列をして武装検査を終り、宮城に面して一斉に捧《ささ》げ銃《つつ》の敬礼をなすや、嚠喨《りゅうりょう》たる喇叭《らっぱ》は『君が代』の曲を奏す。征士、心惨として復た生還を誓わない。

営門を出ずれば、前夜来寝もやらず、送別の準備をなせる市民諸君は、降りしきる霙をものともせず、万歳の叫びを我等の周囲より浴びせかけ、楽隊の奏する軍歌の曲も悲壮である。山の如き見送り人の間を通り抜けて、午前六点鐘、長蛇の如き軍用列車は、我等を載せて帝都を去った。列車の中には市民より送られたる、ビール・正宗・葡萄酒の類積んで山の如く、さすがに健啖を以って誇る我等もただ唖然として自失するばかりであった。

沿道見送りの盛んなるは管々《くだくだ》しくいうまでもない。我等の列車の過ぐる所、老となく幼となく、一斉に四方より寄せ来たり、双手を挙げて万歳を絶叫し、我等の着せる停車場ごとに、紳士貴婦人女学生等熱誠を込めて歓待し、あるいはピアノを弾じて旅情を慰め、あるいは歌句の応酬をなし、紀念帖に揮毫を求め、盃を勧めなどして寝食を忘るるばかりである。

二十二日、遂に広島に着いて宿舎に投じた。滞在一カ月、心は既に遠く満洲の野に飛んで、もどかしさに耐えない。はやる心を静めつつ、日夜兵卒の教育に力を尽して、今日か明日かと乗船の日を待っている。退屈しのぎの手段としては連隊総出で兎狩をし、その場で兎汁を吸うなどの愉快もあった。

四月二十二日、我等は愈々乗船することとなった。午前九時、宿舎の前に整列して武装検査を行った後、なお三十分の余裕があるので宿舎に入り、これが一生の飲み納めと、ビールの盃を取って立ちながら飲めば、宿舎の老母は名残を惜しんで涙をこぼしている。十三歳になるこの家の少女、昨日までは我等のよい遊び相手となって嬉々として戯れていたが、今日は悄然として我等を見送る。

午前十時、遥かに陛下のいます東都を望んで敬礼をなし、万歳の叫びと、奏楽の声のうちに宇品に向かい、十一時「鎌倉丸」に搭乗した。これが日本の土地の踏み納めと思えば、靴の裏の泥土も捨てるのが惜しく、そのまま船中に入った。船中の整理に気を取られて知らぬ間にいつしか船は抜錨し、やがて馬関海峡も過ぎ、六連島もかすかに後に見え、四顧渺茫《びょうぼう》たる玄界灘に入った。

船は日夜濃霧と波浪に悩まされつつ朝鮮南岸を迂回して行く。二十六日快晴、兵皆元気を増す。二十七日、黄濁せる黄海を航して鎮南浦《ちんなんぽ》に着した。やがて相前後して宇品を出た運送船は艘一艘とこの地に着し、二十八日にはさすがに広き大同江も見渡す限り船もて覆われた。

二十九日、甲板上で下士以下の水浴をやった。この水浴こそ実に滑稽なもので、裸体の兵卒を二三十人集め、一名の兵がポンプの口を持ち、整列せる兵の頭から水を打ち掛けるので、殺風景この上なしだが、しかしこれも戦時だと思えばなかなか興がある。

五月一日、九連城の勝報と、「金州丸」撃沈の悲報が、日を同じゅうして着いた。われらは悲喜こもごも至り、船内寂《せき》として何となく異様な心となった。

二日、師団命令が下り、三日午前十時、船は鎮南浦を抜錨して集合地に向かう。第二軍を載せたる運送船の全部は皆集合を終わって、帆柱は林のごとく、黒煙は天を覆い、吹き荒ぶ北風に、波浪は舷を掠めて飛沫戎衣の袖を濡らし、壮快いう様もない。しかし波浪のあまりに高きため、進むに由なく、この夜は再び大同河口に引き戻し、燈火を消し、軍艦護衛の下に警戒停泊をなした。四日正午愈々抜錨、五日朝、長山列島の内側に着し、第三師団は直ちに上陸を開始した。我々は陸地を眼前にしながら上陸することが出来ない。ようやく六日午後七時に至り第五中隊から上陸を開始した。敵前上陸と思っていたのに、銃声一発も聞えぬのは幸福ではあるというものの、何となく物足らぬ思いがする。予の中隊は七日午前七時より短艇に乗り移り水雷艇に曳かれて上陸地に向かった。この日風波甚だ高く、かつ遠浅なるため、船底海底に撞着して進行すこぶる困難を感じ、ために船暈《せんうん》（注・船酔い）を起して小間物店（注・嘔吐）は彼方此方に広げられる。予もその小間物店の主人の一人であった。ようやく陸地から一町ばかりの所にまで達し、一同征衣を脱して頭上に載せ、ざんぶとばかり海中に躍り込んだが、いやその寒さといったら、言葉にも尽されぬ。大井川の川越を二十世紀に繰り返しつつ無事に上陸を済まして、この夜は姚家屯《ちょうかとん》という東端畑地に露営した。

二　上陸後の十日

八日早朝、露営地を出発して連隊集合地なる孫家咀子《そんかそし》に向け前進し無事集合した。予の中隊は連隊の前衛として牌方《はいほう》北方高地に向かう。予は左側の斥候として一分隊を率い出発した。四辺は皆樹木の一本もない赤っ禿げの山、どれもこれも同じような形で、おまけに村落、川などの目標とすべきものがないから方角を知るのに頗る困却する。加うるに道は道路らしきもの少しもなく、至る所畑地の中を通過するので、支那には道がないのかと疑うばかりである。

九日、第十五連隊と交代して旅団予備隊となることとなり、林家屯《りんかとん》に着いた。上陸以来水なきに苦しんだ予等はこの地に一個の井戸があったので、濁水ではあるが、頗る便利を感じた。おまけにこの夜、碇泊場から帰った某中尉が米飯を持って来たうえ、大隊から家鴨一羽を分配されたので予の弁当箱を以って早速鍋となし、携帯口糧の塩をもて味を付け、一同に分配して食べたが、生まれて初めての美味であった。この珍味のお陰か黍殻《きびがら》を褥《しとね》に天幕を屋根にした露営の夢も、この夜は至極温かであった。

十日早朝、黍殻を蹴って立ち、林家屯を発して土城子に向かい、その夜はこの小村の西方高地に露営し、十一時ここに掩堡《えんぽ》を築いた。昨日から携帯のパンのみを食べて口を荒らした我等はこの夕飯から大行李の米にて給養されることとなったうえ、一枚ずつの毛布を分配せられた。

十二日、予は露探《ろたん》（注・ロシアのスパイ）調査のため土民の戸籍調べをなしたが言語の通じないのには大いに閉口した。この夜、中隊は前哨となり、金州猊子河《げいしか》街道上の大子家屯《だいしかとん》に露営した。十三日、予は斥候に出でたが敵の隻影をも見ず、ここかしこに犬や豚の馳せ回るを見るばかり、十五日は愈々出発というので早朝天幕を撤し、褥としていた黍殻を焚いて暖を取った。見ると下士以下の者は煙草が欠乏して非常に困難の様子、予は衣嚢を探りて五六本を取り出し分かち与えたところ、兵卒深く感謝し、一本の煙草を数人にて飲み回しているのを見て思わずほろりとした。六時、師団集合地に至り我が連隊は旅団長の指揮の下に右側支隊となり、山地を越えて高麗屯《こうらいとん》に向かう。背嚢の重さは、日中の暑さに、非常の渇を覚えるけれども、飲料水が極めて悪いから咽喉を潤すことが出来ず、ために少なからぬ日射病者を生じた。午後一時、我が前衛は敵の騎兵と衝突してこれを撃退し、午後三時半高麗屯に着したが、師団本体と連絡なき為め命令下らず、午後七時五十分に至って漸く露営の命令が下った。予の小隊は隣大隊と連絡のために小哨となったので、小哨の位置を定むべく出発した。月はなし、地形は不明、兵卒は疲労している、道は見当たらない、ついにある窪地に入って露営地を定め、隣隊に向かって下士（注・下士官のこと。階級は伍長・軍曹・曹長）を派遣したが、どうしても達することが出来ぬ。そこで予は自ら携帯電燈に道を求めつつ、漸く隣隊の所在を見付け、引き返して帰りついた時には夜中の十二時、しかも晩食はまだ出来ていない、兵卒は空腹に弱っているという始末。「泣き面に蜂」とはこの事である。やっと午前二時になって飯が出来上がったので、一同ほとんど夢中でたいらげてしまった。

十六日は初めて十三里台の敵と手合せをすることとなった。霧のような小雨のしとしとと降る中を、露営を引き払って前進し、午前九時前、石拉山屯《せきらつざんとん》に着した時、空はうらうらと晴れ渡った。時しも十三里台の敵砲兵陣地より白煙起こって第一弾は発せられた。砲弾は前面の畑地に炸裂して凄まじい砂煙を揚げる。ここに滑稽なるは、機関砲を曳かせるために雇った支那人、この一発に肝を冷やし、砲を棄ててアタフタと逃げ走り、中には腰を抜かして立てぬものもある。続いて第二弾、第三弾と敵はしきりに砲弾を送ったが、我が軍に損害がない。九時三十分頃、師団本隊は夏家溝《かかこう》東方高地に開進を始め、我が前衛砲兵は一斉に砲撃を開始し、我が砲弾はしきりに敵の陣地に命中する。午後一時頃敵は意気地なくも退却を始めた。遥かに望めば、すさまじい我が砲弾の炸裂に、砲兵・馬等のバタバタと斃れ、砲を棄てて逃げ延びた敵兵か、また引き返して取り戻して行こうとするのも見える。敵が退却すると見るより、我が軍は攻撃前進に移った。我が中隊は第一線となりて散開し、駈足にて前進して八里庄北方高地まで追撃したが、逃げ足速き敵には追及することが出来なかった。敵は将校一・下士一の死体を遺棄し、他の死傷者を汽車にて運搬しつつ金州指して落ち延びたのである。

途中で敵の死馬があったが、欲に目のない支那土人は早くもこれを取り囲んで皮を剥ぎ、肉を取り去っているのには呆れざるを得なかった。一人の兵卒が渇を覚え民家に入って水を求めたところ、この家に露兵が一人潜んでおったのを見付けて追い出し、すぐに捕えて引いて来た。捕虜先生命惜しさに愛嬌を振り撒くつもりか、日本兵をつかまえて接吻したるところ、野暮な兵卒さりとは悟らず、食い付きでもするならんと思い、鉄拳を挙げて殴打したには失笑を禁じなかった。

十八日、予が親友の小野寺少尉は敵情偵察に出て戦死した。少尉は成城学校以来予の同窓で、共に士官候補生となり同連隊に入り、日を同じゅうして少尉となり、真の同胞の如くに親しんでいたのに、突如戦い未だ佳境に入らざる今日において不帰の客になったのは悲愁の極みである。少尉と同じく敵情偵察において負傷した某大尉も翌十九日に至って没した。

南山の敵は、しきりに光弾を放って我が軍の夜襲に備え、主力は金州城北端に集合して、戦機は刻々に迫ってくる。

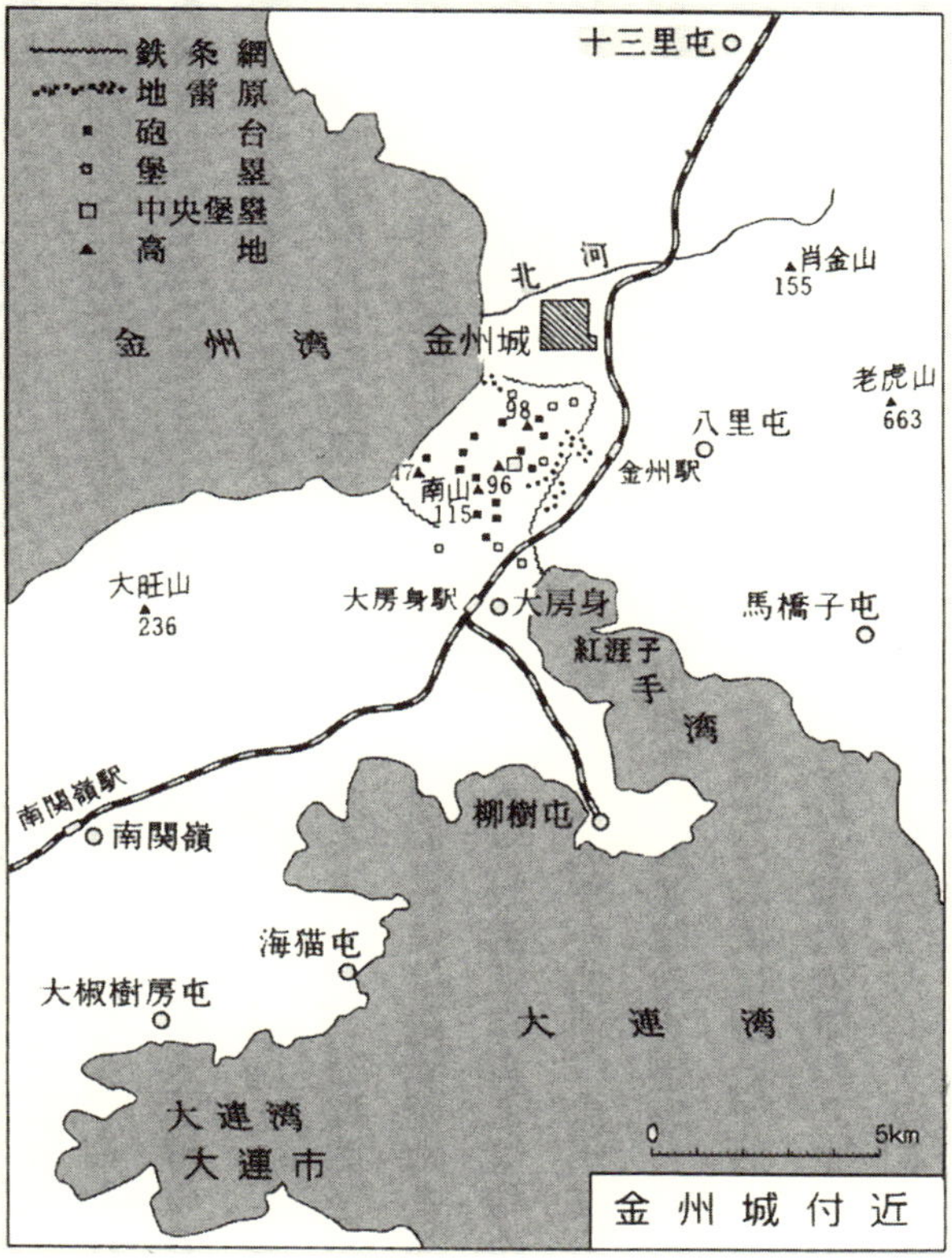

金州・南山付近略図
（『日露戦争 2』（児島襄・文春文庫）より）

三　南山の攻撃

南山戦は第二軍の精鋭を尽して奮戦したる第一の戦闘であると共に予が初めて銃砲弾の洗礼に浴した戦いであった。まず南山の位置について一言すれば、当時日本軍の計画は第一軍を以って朝鮮方面より遼陽付近の敵を牽制し、第二軍を以って旅順の陸上連絡を絶ち、然る後、旅順攻囲軍たる第三軍を旅順に上陸せしむるにあった。然り而して南山は金州半島の咽喉を扼する重要な地点で、南山の運命は直ちに彼我の運命を左右する。露軍は数月前よりこの所に半永久的築城をなし、ほとんど要塞のごとき設備をなしていて、いざ来い来たれと日本軍を待っている。我が軍は五月初旬、上述するごとく某地点に上陸し、二十五日には早くも南山を攻撃すべき状況に迫ったので、上陸地の不備・後方連絡の困難推して知るべしである。

二十四日、軍の南山攻撃計画は各隊に配布された。要は金州湾よりする我が海軍と協力して二十五日払暁より南山を攻撃するのである。二十五日、予の大隊は師団予備隊となり、午前一時、月明かりに道を求めて大和尚山《だいおしょうざん》の西麓凹地に至り、命令を待った。やがて日の出に至るも何らの変化がない。予等は待ち遠しさに耐えぬ。予は師団司令部に派遣さるることになった。司令部は大和尚山の西麓高地の上にある。急坂を攀じて司令部に着くと、師団長伏見宮貞愛親王殿下には畏くも巓頂の岩陰に赤毛布を纏うて御休憩中である。この日は疾風濃霧を吹いて荒れすさび、山上には起立していることが出来ない。軍は金州湾より敵を攻撃すべき我が艦隊を待ち望んでいたのであるが、猛烈なる風波のため、我が小砲艦は航海に耐えぬものと見え、ついに現われて来ない。我等は髀裡肉《ひりにく》生じ、攻撃の開始を待つこと一刻千秋の思いであるが、天候には勝つことが出来ぬ。空しく敵を望んで腕を撫するばかりである。午後五時左の命令は遂に下った。

「軍ハ海軍ノ協力ヲ待ツ事ナク明日午前四時三十分ヨリ金州及ビ南山付近ノ敵ヲ攻撃セントス」

この夜は谷間に天幕を張って露営をした。兵は皆明日の快戦を夢見て心地よく眠り、万籟《ばんらい》寂としてただ四辺に鼾声を聞くばかり、夜十二時頃何やらただならぬ物音に驚かされて夢覚むれば、恐ろしいほどの大雷雨で、天柱挫け、地維裂くるかとも思われ、篠付く雨は天幕に溜滞して弓のごとく垂れ下れるはまだしも、谷地のことして四辺の丘から流れ寄った雨水は遠慮なく天幕内に侵し来たり、半身はまるで濡れている。驚いてむっくと起き上がると、頭は天幕につかえて雨水は一時に天幕の縫い合わせから四方に流れ落ち、またもや頭から冷水を浴びた。午前二時頃漸く雨は止んだが黒雲はなお天を覆い、四辺は黒白も分かぬ真の闇である。

二時半、露営地を引き上げて出発。真っ暗闇の中を手探りで漸く出発準備を整え、険しい坂道を越えて南山の東方、唐王店《とうおうてん》の谷地へと向かった。暗夜のこととて途中しばしば連絡絶えんとし、加うるに道が狭隘で一列縦隊となって進むので、ますます前進者を見失うの虞がある。しかも敵前の事であるから燈火を点ずるなどはもちろん出来ず、三軍等しく枚《ばい》を含んで、暗闇の中を進んでゆく。小行李駄馬を見失ったことは幾回か分らぬが、漸く目的地に達したのは午前五時、東天既に曙光を点ずるとともに、空は刻々と晴れ行きて拭うがごとき快晴となり、勇み立った逸《はや》り雄《お》どもの心をいよいよ勇み立たせた。

五時三十分、我が砲兵はまず砲門を開いて南山の頂に一弾を送った。続いて百有余門の野砲一時に火蓋を切り、敵もまた巨砲を以ってこれに応え、修羅の巷の幕は切られた。

六時になると、太陽は東天に昇り、今日の下界の騒がしさを驚き眺むるもののように燦々乎として光っている。予等は肖金山の南方高地に位置して、西は金州湾より東は大連湾まで何処を見るも展望自在にこのうえなき観戦の場所を占めた。ここで部隊は盡く高地の後方に掩蔽し置き、将校のみ高地の上に出て戦況を視察した。伏して金州城を見れば、快なるかな日章旗は既に翩翻《へんぽん》として城頭にひるがえり、我が歩兵は潮のごとくに南山の麓を目掛けて進んで行く。これ中央隊たる第一師団である。さらにその右翼につづいて、金州湾の遠浅にまで散開しているのは第四師団、大和尚山西南麓より大連湾にわたり南山の東側面を圧して迫るものは第三師団である。軍の進退・騎兵の突撃・伝令の奔馳に至るまでことごとく指顧し得べく、その快や極まりない。既にして、硝煙は刻一刻に野を籠め彼我の砲声は天地を震撼して、午前十時に至ると敵の砲火漸々衰え、既に砲戦は我の勝利に帰したることを示した。時しも金州湾頭数条の煤煙を認むると思う間に、我が艦隊は悠々として湾内に入り来たり、巨砲を挙げて砲撃を開始した。一弾敵砦に命中するや、南山の半面崩るるかと思わるるばかり、艦砲の威力、下瀬火薬の破壊力、物凄きばかりである。

我が歩兵は既に敵前七八百米突《メートル》にまで進んだけれども敵の射撃益々急を加え、進む者は斃《たお》れ、動く者は傷つき徒に死傷を増すばかりである。第四師団の一部、金州湾の干潮を利用して海中に散開した部隊は漸く潮の満ちるに連れ、半身までも水中に没して射撃するに至り、加うるに第三師団の方面では、大連湾に入り来たった敵の軍艦二隻のために背面より威嚇を受けて、苦戦の状況見るに耐えない。小突撃は各所に繰り返されるけれども、ついに成功するものなく、午後四時に至って敵はなお頑強なる抵抗を止めない。我が苦戦や知るべきである。

たちまち我が大隊は金州停車場に向かい、前進すべき命令を受けた。総突撃は今や始らんとするのである。五時頃に至れば我が砲兵は攻撃点たる南山東北角に向かい砲火を集中し、砲煙は濛々として山を覆い、殷々たる爆声は百雷のごとく、突撃の機は愈々熟し来たった。午後六時頃、愈々総突撃に移る。第四師団まず動き、第一師団これに次ぎ、爾余諸部隊ことごとく立ち、猛然として三面より南山の敵塁に向かい殺到した。

ここを先途と防戦する敵の急射撃の猛烈さ、驟雨のごとき弾丸は耳を掠めて飛び、足下に落ちて砂塵を揚げ、気味悪き音を立てて頭上を飛過し、傷つき斃れるもの幾人なるかを知らない。その苦戦の一例を挙げんに、歩兵第一連隊（すなわち我が連隊）のごときは、軍旗を先頭に押し立てて南山東北角に突撃したが旗手まず斃れ、続いてこれに代わりたるもの二人まで傷つき、軍旗は竿を打ち折られ、連隊長傷つき副官また斃るるに至った。我が大隊のごときも敵弾の激しき余り、最初の二列横隊は変じて散開隊次となった。されども今や全軍の総突撃である。ただ前進のほか道はない。雷のごとき喊声の中に遮二無二突進して鉄条網の線に達すれば、これに触れて傷つくもの算なく、伏屍累々としてたちまちに堆《うずたか》きに至った。累々たる伏屍を越えて進むとは偽りではない。やがてかなたに四五人、こなたに四五人、敵は逃げ出したと見るとたちまち退却に移った。我が兵は驚破《すわ》とばかり急射撃を行い、蚊柱のごとき弾丸は一時に敵の周囲に集中し、まごまごして斃さるるもの幾人なるかを知らない。三軍一時に潮のごとく敵塁に入れば、壕内には死傷者充満し、万歳の声しばらくは鳴りも止まず、山頂に達した時は各隊混合して、しばしは隊伍の整頓に苦しむ程であった。時に時辰は正に七時、夕陽は遥かに金州湾に没し、暮色蒼然として天地を覆う。

この夜、予等は前哨となり、南山南端二砲台の間に露営し、携帯口糧たる重焼パンをもて腹を満たした。青白き月は中天に懸かりて星の影稀に、遥かに見やる金州大連の両湾は金波銀波を躍らせ、後方村落を見れば、露営のともし火点々として寂しい。目を転じて四辺を見まわせば、累々たる死体は淡き月光を浴び、腥風《せいふう》徐《おもむろ》に野の面を吹き、悲絶、凄絶、言語に絶ゆるばかりである。

翌朝、兵卒等は露兵の遺棄した牛肉の缶詰やら、角砂糖バターなどを山のように持って来たので、漸く腹が落ち着いた。四望すれば隊をなして斃れた敵の死体は、そこここに充満してうた敗軍の惨況を思わしめる。午前九時、刻家屯《こくかとん》に集合して、宿営準備のため敵の掩蓋を破り、燃料を造った。蓋し宿営中これまで常に燃料の乏しきに苦しんだからである。午後四時、八里庄に至り、土民の家に宿泊した。上陸以来初めて人家に寝ることが出来ることとて、一同いざ寛ぎ休もうと思っているところに、思いがけぬ命令は我が中隊に下った。

四　金州守備

命令とは外《ほか》でもない。「即時金州城守備のため出発せよ」とのことである。我等は上陸以来ただ旅順の攻囲戦のみを夢見ていたこととて、守備などに残るのは甚だいやであったが、命令とあれば仕方がない。夜中の一時、残り惜しい村落を出て金州城に向かい、二時三十分、金州城内に入った。夜中のこととて城内は寂寞《ひっそり》として万戸皆戸を閉ざしている。やむなく路上に転び寝しつつ天明を待った。

夜明けて軍政公署の指揮に従い、我等は東門内に露人の建築した家屋に入り、ここを宿舎とすることになった。予等の室にはテーブルあり、安楽椅子あり、加うるに紅酒・野菜・鶏卵・豆腐等は望むに従って求め得べく、露営生活に比ぶればほとんど王侯に近い。

守備と言ったところで別に用事もないこととて、二三日は散歩に日を送った。三十一日、予は部下小隊と支那苦力《クーリー》四十名を率い、露兵の遺棄した死体を埋葬すべく南山に向かった。やがて南山に着くと兵士一名に苦力一名を附し、散開して進みつつ彼方の地隙、此方の壕内に残っている死体を集めては堡塁内に運んで土葬するのであった。最早死んでから六日間も経過した死体のこととて、いやが上にも水膨れとなり、触れば皮が破れる。おまけに異臭紛々として顔を向けることも出来ない有様。中にも悲惨を極めたのは南山を去る約半里の畑中に斃れていた一兵卒の死骸で、察するに重傷を負うてここまで退却したまま収容されず、遂には悶《もが》き死《じ》にに死んだものと覚しく四辺の土は掻き回され、両の指先は骨まで現れたうえになおもその手に草を掴んでいたのは、その断末魔の苦しみのいかに甚だしかったかが、思いやられて、涙を催さずにはいられなかった。

この日漸く死体の埋葬を終わったが、先日からの死体を合算すると七百余に上った。仮に傷者を死者の四倍とすれば、敵の死傷は二千八百を超ゆる計算である。これは単に戦場に遺棄された死体を標準としての計算で、この他にも敵の運搬し去った死体がなお少なからぬことであろう。

六月四日、予の小隊は柳樹屯守備のため派遣せらるることとなった。六時三十分、金州を出発、途中南山の麓を過ぐれば敵の死体の臭気今を盛りと熱風に送られ来たり、鼻を摘まんで過ぎたのち振り返ってみると、犬の掘ったものか、手足を宙にだしたものもある。九時、柳樹屯《りゅうじゅとん》に着、守備隊の宿舎は桟橋西側海岸の露軍の宿舎で、寝台もあれば、毛布もあり、毛皮もある。おまけに窓の前には涼み台まで残していってくれたのは有難い。野営生活に比ぶれば実に贅沢の極みである。早速町を巡視すれば、町民はビールなどを出して予等を迎え、官吏紳商などの或いは我等を訪問し、または招待し、中には詩を応酬するものもある。

十二日、山口県の商人某という二十七八歳の男、刺《し》を通じて予に面会を求めた。対面すると彼はまず戦地でもっとも欠乏した煙草百個入一箱を予に贈った。予は何の意なるかを解するに苦しみつつ来意を問えば、彼は笑いを含みながら、「大孤山にて上陸するはずだったが上陸を拒絶されたゆえ、ここに上陸を許してくれ」という。「何商か」と聞くとそれには答えず、「船暈に苦しんでいる数名の婦女子があるゆえ、一夜なりとも上陸を許さるるよう願いたい」という。「それならば船内の検査のうえで許すこととしよう」と答えて、短艇に搭じ彼の乗ってきた支那短艇にゆくと、一人の老媼が舟の上に座っており、再拝して憐れみを乞うのである。予は進んで船板を取り除けて見ると、驚くべし船底には数人の妙齢なる同胞女子が潜んでいる。初めて彼の何者なるかを悟った予は赫怒《かくど》して大喝一声舟を追い返した。ああ、これもまた軍国の一員である。国家の安危因って分かるる戦争を利用し、私利を営み、私腹を肥やさんがためにかかる人道にもとれる行為を敢えてする彼等の面憎さよ。しかしかくのごときはこの白面郎一人のみではない。戦地において巨万の富を造った徒輩の所為や知るべきである。

翌十三日、和尚台砲台下に敵の機械水雷の漂着せるを認め、午前中小隊の全部を率いて爆破のために出かけた。予はまず照尺を試みようと二発を試みたところ見ン事命中し、轟然として破裂し、水煙高く空に昇る様、また中々壮快である。この日一方ならぬ暑さとて、兵卒の中には海水浴を試むるものもあった。

旅順及び得利寺方面の戦報を聞いて、遥かに戦場に立てる人々の身を羨《うらや》みつつ柳樹屯の守備に当たること二十日間、或いは戸口の調査を行い、或いは諸方の隊より稀に訪れ来るものと会飲し、或いは土人の供応に招かれるなどしている中に冬服は変わって夏服となった。六月二十五日、予等の小隊は第一連隊の一小隊と交代することになって、午後三時や柳樹屯を発し、金州に向かう。途中、炎暑甚だしきに一の木蔭も一杯の水もなく、疲労甚だしいため、一策を案じ休憩回数を多くして時間を短くしたが、これは頗る効果あるものの様に思うた。六時漸く帰着し、無事交代帰着の旨を報告すると、思いきや、直ちに金州を出発して王家屯なる連隊に復帰することになっていたとは。しかしながらこれも軍の命令である。八時半まで兵卒に睡眠を取らしめ、九時に出発したが、上陸以来あまり行軍をせぬこととて兵卒は甚だ行軍力を減じおるのみならず予の小隊のごときは炎熱を冒して既に三里半の道を行軍し、さらに終夜八里の道を行軍して王家屯に行かねばならぬ。南関嶺を越え、三十里堡で夕食を認め、これより先は兵卒みな居睡りをしつつ行軍し、僅か十分の休憩にはべたべたと地上に倒れて、耐えもなく眠るのであった。予もまた頗る疲労したが、衆の士気阻喪せんことを恐れ、大言壮語しつつ、あくる日の午前八時、漸く王家屯に着して連隊に合した。幸いにも予の小隊には落伍者はなかったが、到着するやいなや、昨来の疲労一時に出て、予は直ちに地上に倒れ日没を知らなかった。

五　幕舎生活

王家屯は、僅々《きんきん》四五軒の家よりなる小村落であるから、家屋はすべて大隊本部以上に充てられ、中隊以下はことごとく小隊または半小隊ごとに畑地に幕舎を張って生活するのであった。今や我々は贅沢なる屋内の生活を思い出の種に再び天幕生活に入ることとなった。

二十七日、予の小隊は王家屯東南方高地にある機関砲隊の援護として派遣された。今や満州の雨季に入ったこととて毎日の霖雨は我等を苦しむるのであったが、この日も任地に至り、漸く幕舎を張り終わるやいなや、急に大雷雨となり、急造の幕舎はたちまちにして雨漏りを生じ、幕舎内はさながら小川のごとく、外套を着したまま座りもならず、さりとて立とうとすれば幕低きゆえ頭がつかえ、どうにも仕方なく中腰となってただ霽《は》るるを待つばかりであった。加うるに大隊より燃料の来たらぬため、湯も沸かすこともできなければ、昼飯も食べられない。そのうち時は移って、日は暮れてしまった。兵卒は圧搾茶を噛みつつ雨水を飲み、戯れていわく、

「腹で茶を沸かすのだ」

この晩、惜しいことをしたのは夕飯の料理用としてわずかに分配された砂糖を新聞紙に包んで天幕の天井に吊るしておいたのをそのまま忘れたのであった。雨水のため、紙が破れて砂糖はパラパラと落ち、下に居った兵士の顔を打ったが、暗夜のこととて何やら知る由もなく、「何か塵芥が落ちたが今夜の塵芥はいやに甘い」と不思議がって居るので、予は懐中電燈をもってこれを照らし、初めて大切なる砂糖の無くなったことを知った。昼間の程は、地代も家賃も要らぬ家はこんなものだ、など戯言を言っていたが、こうなっては冗談どころではない。徹宵止まぬため、比較的雨の漏らぬ天幕を見付けて、一同その下に集まり、互いに抱き合って夜を徹するのであった。短い夏の夜もいかに長かったろう。

かかる困難の中にあっても誰一人として不平を洩らすものなく靄々《あいあい》たる和気はこの苦しい幕舎の中に満ちている。殊に嬉しいのは兵卒の小隊長に対する情である。将は卒と共に死すべきものとて戦地における両者の情ほど麗しいものはない。鶏一羽ぐらい小隊に分配された時には予に与えられるが予といえども一人で食するは道ならぬゆえ、小隊全部で食べようと言えば、小隊全部にて一羽の鶏は食うも食わぬも同じ、と強いてこれを小隊長に与え、却って自ら慰むるがごとき、その至情掬《きく》すべきではないか。

嫌な一夜は明けて二十八日の朝となった。幸いに雨は止んだけれども密雲去来し、風が強い。前夜一眠りもしなかったこととて一同に終日昼寝をさせた。この夜も風は極めて強かったが一日の昼寝もなお雨中に夜を徹した疲れを医する能わず、ぐっすりと寝込んで、さて明くる朝、予まず目を覚ましあまりに四辺の明るきに驚いて見廻せば、こはそも如何に幕舎は何処かへ失くなってしまって、予等は青天井の下に寝ているのであった。奇なるかな、妙なるかな、幕舎に足が生えた訳でもあるまいと兵卒に附近を捜索させると前方の谷間に転がっていた。蓋し昨夜の強風に吹き飛ばされてしまったのであるが、誰一人しるものもなかったとはよくよく寝坊が揃ったものと一同顔見合わせて呆るるのほかなかった。この日もまた大雨襲来のため苦しんだが午後交代して中隊に復帰した。

幕舎生活のいかなるものかは、既に上陸以来述ぶる所によってほぼ明らかであるが、さらに二三の例を挙げようならば、我等の幕営舎たる王家屯にはわずかに二個の井戸があるのみで、水は常に不足を訴えているゆえ洗濯などは容易にできるものではない。したがって兵士の襯衣《しゃつ》上衣等は汗臭いこと甚だしく、その臭気を嗅ぎつけて四方から蝿が集まってくる。当時臭いもの三つを数えて支那苦力《クーリー》、兵士の靴下、土人の味噌というほどであった。そしてわずか四尺四方の天幕の下に、兵卒三名が横臥する割合であるから暑苦しさは言わん方なく、外より来て幕舎に入ると眩暈《めまい》を催す程である。この暑苦しい幕舎の中に幾十百となく集まってくる蝿に苦しめられつつ午睡《ひるね》を取るのであった。夜はまた夜で、無数の蚊軍は我等の眠るを幸いとし大挙して攻撃してくる。首から上には幸いに覆面蚊帳があるので刺されずに済むが、手は軍服の事とて隠すこともできず、止むなく彼等の刺すに任せた。加うるにこの頃から各隊とも漸く脚気患者を生じ来たり、兵卒は食欲減退し、小隊にて一俵位米の食べ余りを生ずるに至った。湿気多い地上に伏し、湿気多い空気に触ることとて、脚気と下痢とはほとんど予防の策がない。予の小隊でも六名の重症患者を生じた。しかも彼等は病苦を押して勤務に服し、如何に押し止めても聞かず、「病気では内地に還ることはできぬ、一日も早く旅順を見、総攻撃に参加して死にたい」という。そのうち脚気衝心のため一人の死亡者が出来たので爾余の患者の入院を勧めても、内地に後送せられんことを恐れて頑として聞かぬ。試みに親指をもって一患者の足を押してみれば、指の半ばを没する迄に水腫を来している。嗚呼、彼の心事や勇ましくもまた哀れではないか。しかも内地では負傷者に対しては盛んにその名誉を称揚しても、かかる勇ましき病者に対してはその同情同日の談ではない。けれども予等は断言しよう、微傷位をもって後送され、得々たるの輩、何の面目あってこの病兵に対し得べきぞと。

幕営地の移転をなす場合には幕舎は五分間にて撤去され、背嚢に附して運搬することができる。軽便このうえもない家である。出発準備を終わるや、各小隊とも、藁莚《わらむしろ》をもつもの、燃料を背負うもの、水樽を携うるもの、露軍より分捕った鍋鉄瓶をぶら下ぐる者、陸続として続き、宛《えん》としてこれ乞食の行列である。就中《なかんずく》、莚は当時にあって最も貴重なもので大隊の炊事場にて生ずる三十個ばかりの米の叺《かます》を四中隊に分配するのであるから、容易く小隊迄は配布されないのであった。しかもこの莚が我等にとっては絹布の夜具にも優る貴重なる蒲団である。燃料のごときはこれを中隊から得るごときはほとんど不可能のことで、そこここに少しばかり生えている小松の枝を取り置き、枯るるを待って用うるのであるが、これにも限りがあるので多くは、蜀黍《もろこし》の根を土人の家から徴発する。これでもとても兵卒の手までは行き渡らない。炊事法は各自炊事・支那釜炊事・大隊炊事の三あるも、兵卒にとっては各自の飯盒をもって自分の好める料理を作るのが唯一の慰安である。しかるに、当時は彼等に与うべき燃料がないので、彼等の慰藉の一つは取り去られたのである。

かかる殺風景の生活の中に二箇月の日子を閲し、その間あるいは敵情偵察、歩哨線巡視その他の軍務に従い、長い滞在に飽き飽きしてしまった。終りにこの滞在中の滑稽談二三を挙げよう。

この付近の支那人は総体無学で文字を解するもの一村にわずかに一人位しかいない。それも極めて浅学である。彼等の最も尊重するものは医薬であるが、彼等は日本人といえば皆医術を解するものと思い、兵卒に向かってしきりに薬を求める。ある日一人の土人が風邪を引いたとて、薬を求めに来たが生憎薬の持ち合わせがないので、歯磨粉を仔細らしく紙に包んで与えると、驚くべし、翌日になるとすっかり癒ってしまったとて氷砂糖一斤を持って礼に来たという。効能神の如しとは広告の文句によくあるが歯磨粉で風邪を治すことは神以上のしわざである。またある日土人が前額に負傷して来たり、某兵に薬を求めた。またかと思ったが何か気休めにつけてやれと、傷面に靴傷膏を塗布して与えた。靴傷膏とは靴ずれの出来ぬための予防薬で、傷面とは没交渉、治るべき筈がないが、果してなおらなかったのか、お礼に来た様子もなかった。呵々。

土人に物を盗まれるのは度々のことであるが、小哨の位置に近くいる土人の聾老爺、ある日兵卒の食べる肉を盗んで行ったので、兵卒たちはこの老爺めと、寄ってたかってひっ捕らえ穴の中に入れて禁獄してしまった。すると老爺、滑稽にもおいおいと大声あげて泣き出した。予は可笑しくもあり可哀想でもあり、許してやれと命ずると、兵卒は早速引っ張り出して「果報な老爺め、これから復《また》やったら酷いぞ」と追放した。老爺は歓天嬉地、旧拝して帰り去ったが、お礼として予の許に持って来たのが、驚くなかれ、杏の実の地に落ちたものを拾い集めたものである。馬鹿馬鹿しくて怒りもならない。すぐさま捨てさせた。

六　旅順外防御線の攻撃

旅順要塞の本防御線はいうまでもなく爾霊山《にれいさん》（注・二〇三高地）から椅子山《いすさん》・案子山《あんしざん》・松樹山《しょうじゅざん》・二《に》龍山《りゅうざん》・鶏冠山《けいかんざん》の線であるが、外防御線としては高崎山から于大山《うだいさん》・大孤山《だいこざん》以北一帯の高地は大なる価値を有するのである。ゆえに敵の南山より退却するや、先ず営城子から案子嶺に至る線に停止し、ここに防御工事を施し、出来得る限り長く我が軍を食い止め、その間に能うだけ本防御線を堅固ならしむることを図った。従って我等は一日も早く攻城準備を整えなければならぬ。この攻城準備の輸送中、悲しむべし、常陸丸はかの浦港艦隊（注・ウラジオ艦隊）のために撃沈されてしまった。

七月二十五日、各中隊は大隊に集合したが、正午、待ちに待ちたる攻撃前進の命令は下った。衆皆抃《しゅうみなべん》舞《ぶ》雀躍《じゃくやく》、全軍一時にどよめいた。明くる二十六日、軍は右翼第一師団をして長嶺子・双台溝の線を、中央第九師団をして中間山地を、左翼第十一師団をして第九師団に連携せしめて攻撃前進を起こした。午前四時、前哨を撤して平家屯に集合すると、我等の大隊は一時師団予備となった。営

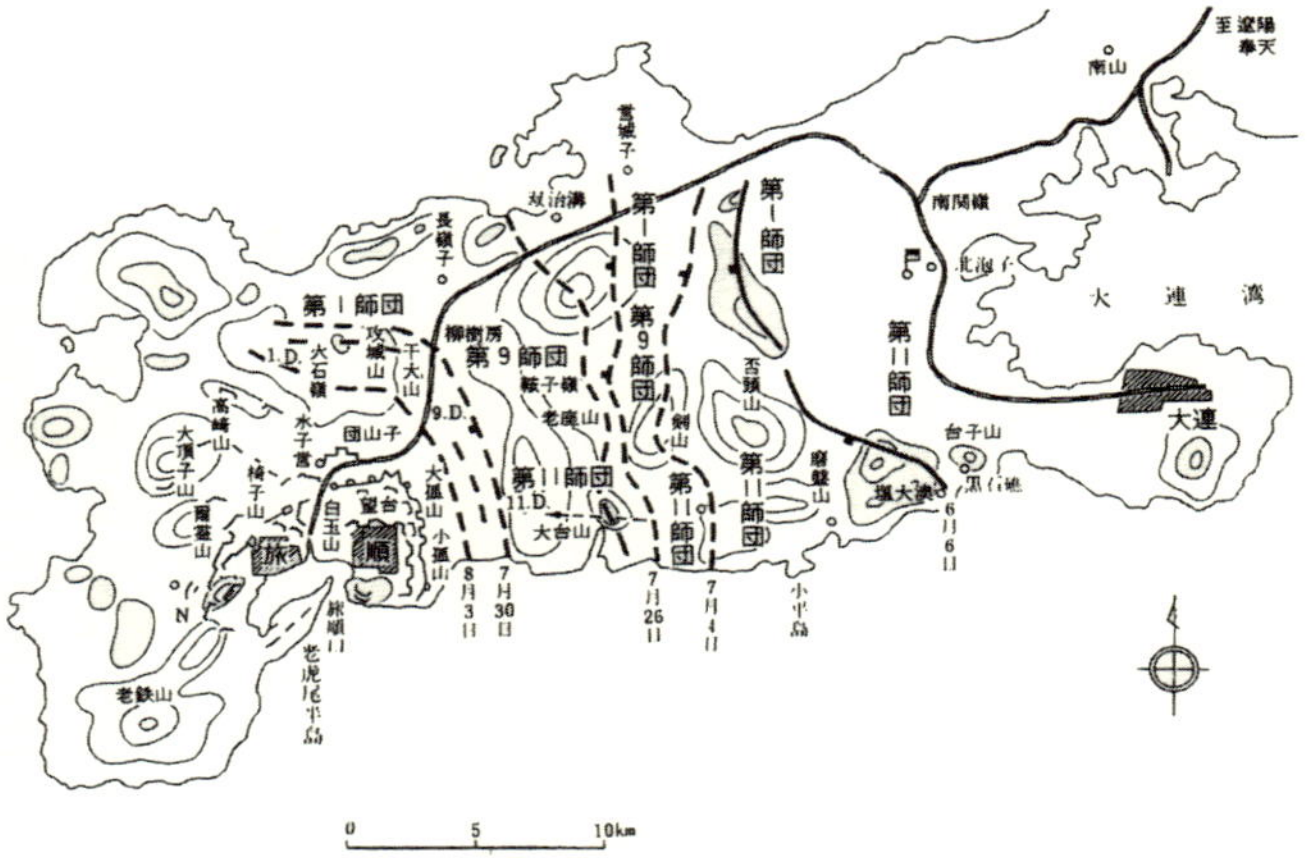

旅順付近の戦闘経過図
（『日露戦争陸戦写真史』（新人物往来社）より）

城子の敵は容易に打ち払われ、予は直ちに営城子停車場を警戒すべき命を受け、夜の十二時に到着しその夜は夜中の二時に漸く夕飯を喫した程であった。二十七日は小磨子《しょうまし》の敵を攘い、二十八日双台溝の敵を屠り、二十九日に長嶺子を陥れたが、敵の防御は中々強固なるものであった。

　三十日は天なお暗き午前三時よりさらに前進を起して、泥河子・土城子にわたる高地の敵を攻撃した。進んで大潮口北端に達した時は午前六時、前衛は既に敵と衝突している。予の属せる第一連隊は泥河子南方の高地に拠れる敵を攻撃すべき命を受けた。当時は蜀黍の成長期で、矗々《すくすく》たるその幹葉は人の身の丈を没し、通視することすこぶる困難である。幸いに敵は高地に拠っていることとてわずかにそれと所在を知ることはできるものの壕内に隠れていることゆえ、その姿を認むることなどはとても出来ぬ。敵前千二百米突《メートル》の距離より散開して前進したが、前面より来る砲弾は稀となったけれども、泥河子東南方の高地より我を目がけて発射する砲弾は刻一刻に猛烈を加え、この敵を撃攘せざれば戦機漸く危険となるの虞《おそれ》がある。そこで八百米突《メートル》位の距離に接近すると全く方向を変え、この敵に向かって攻撃を加うることに決し、躍進的に向った。途中一小河があったが、その岸尺余、敵弾を避くるに便なるを以てしばらくここに停止すると、渇に耐え兼ねたる兵卒は濁水をも顧みるの遑《いとま》なく、これを掬して飲むのであった。ここに滑稽であったのは、某という兵卒、数日来下痢に罹り、この日も頻々として催して来るのを極力我慢して、強いて戦闘に従事していたが、休憩してホッと息をつくと最早こらえ切れない。河の中でやらかそうとしたけれども腰を伸ばして上体を真っ直ぐにすれば頭を岸から現わして敵弾を受けねばならぬし、頭を上げまいと思えば尻を水中に入れなければならぬ。困り果てた挙句、窮余の名策を案出して体を「型《かぎがた》に折り、砲口を水平にして発射し終わった。

午前八時頃、予等はさらに躍進して蜀黍畑を潜り抜け、突如敵陣に突入した。敵は我等の進撃を知らざりしもののごとく、狼狽措く所を知らず、白布を以って旗に代え、降伏するかと思えばさにはあらずして逸足《いちあし》出して逃げて行く。隙《げき》内に逃げ遅れたる数名はたちまちにして銃剣の餌となってしまった。意気天を衝く我が軍は直ちに高地の頂に達し、時を移さず追撃射撃を開始した。前方約二百米突《メートル》の谷地を退却して行く一団の敵があったので、兵卒皆これを目がけ狙いを定めて射撃を加えると面白い様に斃れたが、隊を敵前に暴露したため、敵の収容隊の射撃を受けて我々も多少の死傷を生じた。この日の戦闘において予の小隊よりは戦死一負傷四を出した。

この夜は泥河子に舎営し、死体埋葬の読経のため、予の小隊よりは松尾上等兵を派遣した。上等兵は山梨県の人、僧侶を職とし温厚にして情誼に厚く如何なる難事を命ずるもかつて不平の容《かたち》を現わしたことはなかった。実に得難い兵士であったが、この人も後に海鼠山《なまこやま》で戦死したのは惜しい事であった。この日、戦死した某という一等卒に宛てて妻より郵便が届いたが、それは子供が生まれたとて写真を送ったのであった。あわれ彼はわずかの時間の相違でこの愛児の顔を見ずに逝《ゆ》いたのである。彼の孤児、憐れなる寡婦、今は如何にしてその日を送り居ることであろう。

泥河子附近は小川があって水の使用が自在であったため毎日水浴を行うて流汗を洗うことのできたのは何よりであった。けれども昼は炎熱焼くが如く、夜はまた蚊軍の総攻撃を受け、中々酷い目に遭った。またこの頃は敵の本防御線から大口径砲を発射するので、砲弾は所嫌わず落下する。そこで山麓をほとんど垂直に掘り開き、その陰に幕舎を建てて敵弾を避けるのであった。

八月七日の夜八時頃、大雨沛然として至り、丈余に削りたてた山麓は雨水のために大崩壊を来し、一分隊は全くその下に埋められ、予等の将校幕舎も土塊のために押し潰されて夜中一眠りもせず明かしてしまった。この夜、第十一師団は大孤山を攻撃する予定であったが、その困難や察するに余りがある。

八月十三日、連隊は于大山を夜襲するに決し、予等の大隊にも夜襲の命は下った。予はこの地を去ったらまた容易に水浴をする機会はあるまいと考えたので、前の小川に至りざんぶとばかり飛び込んだ。思えばこれが攻囲戦中水浴の最後で、十一月三日までは水浴どころか、飲料水をさえ得るに苦しんだのであった。単にこの一事を以ってしても攻囲軍が如何にあらゆる点において困難を嘗めたかが分かる。午後九時に至り連隊は石咀子《せきそし》北端に集合を終り、今夜十二時を期して夜襲を行うのであった。十時、集合点を出発して前進、蜀黍畑を通過することとて往々連絡切れんとし苦心言うばかりもない。敵は探照燈を照らして我を苦しめ、また光弾を発射して我が頭上を照らすのであったが、ここに厄介千万なのは数日前補充として内地より来た兵卒、未だ光弾の何たるを知らず、砲弾が頭上に破裂したことと思い、恐怖のあまり「あれよあれよ」と思わず発声した。既に敵前に近いこととて、何人にも発声を禁じ、暗号の笛で前進、停止を命ずるのであったが、突然予の小隊よりこの声の起こったには驚いた。大声を以って叱することは出来ないゆえ走りざま彼の口を覆おうとしたるに、彼はこの時最早腰を抜かして立つことが出来ない。予は憤慨その極に達したが前進中のこととて如何ともする能わず、「臆病者!」と一喝したまま打ち捨てて前進した。夜襲に際してはしばしばかかる臆病者があって後方に残り、占領後先を争うて集まり来たるもので実に驚くのほかはない。

十一時頃から高崎山の方面に当たって銃声ますます激烈を加え来たったが、戦況少しも分らない。我等は十二時には全く于大山の麓に達し、隊伍を整えて突撃の準備をなしている間に、敵は我に向かい数回一斉射撃を加えた。山麓のこととて敵の号令は手に取るように聞こえ、その射弾は幾多の蜀黍を打ち折って飛ぶこととして攘々乎《じょうじょうこ》として、一発の弾も数千発のごとく思われ、凄愴極まりない。しかも我が軍は一発だに発射することなく、じっと沈黙しきって、愈々機熟すると見るや、突っ込め！の号令一下、雷の如き喊声一時に起こり、ただ一息に敵塁に突入した。敵は余りに急なるこの突撃に吃驚し、倉皇《そうこう》（注・あわてて）退却に移り、我が軍は一兵をも損ずることなく于大山を占領した。

予は数日来脚気の気味であったのに突撃後急に吐瀉と下痢を催し、夜明けとなれば最早耐え得ざる程になった。時しも敵は于大山に向かって砲撃を加うること急なため、我が軍は地隙内に逃げ入ってこれを避けたが、折悪しく雷雨篠を突く如くに至り、地隙内は一帯の堀と化し、水中に脚を没して起立せねばならぬことになった。予は如何にも耐え得られぬので于大山麓の民家に入って休憩した。この民家はあたかも敵弾の集中点に当たっていることとて、何人も近寄ることを敢えてしなかったけれども、予は水中に立つの苦しさに耐えざるゆえ、危険を冒して従卒と共にこの家に入り、火を焚いて暖を取った。やがて濡れに濡れた衣服も漸く乾き、やや人心地が付いたと思う時、従卒の捧げて来たものを見れば、支那人の味噌を利用し、葱、茄子などを入れて雑炊を作ったのであった。予は濡れ果てた麺麭《パン》のほか食うものはないと思っていたこととて大いに驚き「何処から得たか」と問えば、「滞在中余ったものを常に身に付けていたのだ」という。予はその心掛けのよいのに驚いた。しかも彼は自らは濡れたる麺麭に甘んじて雑炊には一箸もつけず、全部を予に勧めるのであった。予は愈々彼の心掛けに感じて、思わず涕涙を禁じなかった。

この夜は床を暖かにしてこの家に宿泊し、翌日は病やや退いたので中隊に復帰した。十五日には第十五連隊の高崎山を確実に占領したという報知が来る。十六日、予等の連隊は、十五連隊に代わって高崎山を守るべき命令に接し、午前八時、山麓に達した。見れば我が軍の死体は累々として至る所に横たわり、武器被服等はそこここに散乱し、三昼夜の激戦の跡見るも物凄い。さらに熟視すれば敵塁の下、二三十米突《メートル》より五六米突《メートル》の所には数百の小穴が穿《うが》たれてある。けだし当時我が突撃隊はかく敵前に接近したるも容易にこれを攻略するを得ず、兵卒は皆銃剣を以って穴を掘り、頭部を隠して敵弾を避け以って三昼夜をこらえたので中には穴に頭を入れたまま死したるものなお数十ある。その苦戦の程察知すべきで、時人これを称して「高崎山の百穴」と言った。けだし高崎山とは軍司令官が特にこの苦戦の名誉を永遠に伝うるため、第十五連隊所在地に取って命名したものである。高崎連隊の名誉亦《また》大なりと謂うべしである。

七　旅順第一回総攻撃

外防御線の攻撃開始よりわずかに旬日にしてその目的を達し三軍の意気今や天を衝かんずばかりである。ここにおいてか敵に一言の挨拶もなく総攻撃に移るは礼ではない。八月十六日、軍は参謀山岡中佐をして敵営に至らしめ、勧降書を贈らしめた。されども敵もさるものである。幾多の星霜と、幾千万の国帑《こくど》を費やして築き上げたる金城鉄壁、やわか敵に渡すべきかと、言下にこれを拒絶し、勧降書は案の如くここに攻撃通知書となりおわった。あるいはこの勧降書を以って時期尚早と評するものがあるが、勧降書を出したら敵が降ると決まった訳のものではない。今や旅順は海面よりは我が海軍に封鎖され陸上では最早本防御線に肉薄せられている。これを攻むるに一言の辞なきは武士道を解するものの所為ではない。勧降書を贈って後にこれを攻むるは古来武士の礼である。

八月十八日、愈々《いよいよ》総攻撃の命は下った。我が連隊は右翼後備連隊の高崎山南方高地攻略に伴うて椅子山に向かうはずであったが、後備連隊は捗々《はかばか》しく占領する能わず、ついに二十日に至った。ここにおいてか我が大隊は後備連隊の攻撃を援助するため高崎山前方の高地に進んだ。その時あたかも密集せる敵の増加隊を認め、我が小隊はこの敵に対し千五百米《メートル》突の照尺を以って一斉射撃を試みたるに、

写真①　松樹山総攻撃中の我が歩兵陣地

敵は驚いて蜘蛛の子を散らすが如く壊乱したのは壮快であった。かくしてなお前進し、後備隊攻撃の進捗を待ったが、地形狭隘なるため大隊は閉縮大隊の距離を全く詰め密集して伏し、時機を待つ間に前日来の疲労のため兵皆心地よく敵前に熟睡してしまった。しかるにこの地点は少しく頭を上ぐれば、松樹山西麓の敵砲兵陣地より通視される所で、早くも敵の認むる所となり、空を掠めて飛び来たれる一発の曳火弾、続いて来たれる二発の榴霰弾は予等の頭上に凄まじき音して爆裂した。驚き目覚めて四辺を見まわせば、鮮血は淋漓として草を染め、或いは死し、或いは傷つくもの、予等の中隊のみにて五十余名に上った。しかも一たび動けば直ちに射撃の目標となるの虞《おそれ》あるを以って、負傷者を運搬することもできない。やむなく日没を待って運搬することとしたが、軍医は来ず、重傷者の苦悶見るに忍びない。古谷上等兵の如きは、断片のため、大腿部を切断さられ、如何に包帯をしても鼓動ごとに大動脈より奔出する血液はさながら滝の如く、見る見る顔色青ざめ、一語をも漏らさず微笑を浮かべて息を引き取った。爾後この谷を称して地獄谷という。日没に至り後備隊はついに目的地を占領したので、中隊は死傷者を後送し、前方高地に前進した。

二十一日夜、我が第一連隊は、第八・第四中隊を突撃隊となし、爾霊山西北海鼠山の北端なる鉢巻山を夜襲するの命を受けた。鉢巻山とは山の巓頂《いただき》を散兵壕にして囲繞《いじょう》し、遥かにこれを望めば一見鉢巻をした大坊主の観あるゆえに名付けたもので、海鼠山とは当時使用した五万分一地図の水平曲線が海鼠の形をなしているため命名したものである。

二十二日午前四時、大なる損害もなく鉢巻山は我が軍の占領する所となったが、敵は早朝五時半逆襲を企て、そのならざるや、さらに七時頃第二回の逆襲を行い、一度占領せし、掩堡の中に進入して来るほどで我等は多大の死傷を生じた。敵の逆襲し来たるや、彼我肉接し、銃を以って打ち、石を投じ、組み合い、突き合い、鮮血たちどころに地を染め、伏屍堆《ふくしたい》をなし、その惨劇ほとんど見るに耐えない。かつ敵は海鼠山より我を側射し、巨弾しばしば我が陣地に爆裂し、このままにして推移せば、維持困難なること火を見ることよりも明らかなれば、旅団予備たりし我等の大隊の二個中隊は直ちに海鼠山を攻撃すべき命令を受けた。当時海鼠山には一大隊の兵ありしことはその散兵壕より見ても明らかで、これに対するわずかに二中隊である。勝敗の数甚だ危ぶまるるものがある。けれども命令は如何ともすることが出来ず、分隊ごとに躍進して海鼠・鉢巻両山の中央脚に達した。時しも敵は予等予備隊の前進を発見して全射弾を集中し死傷算なく、前に斃れ、後に傷つくと見る間に、予もまた胸部に一弾を受けた。驚き探れば天なる哉、敵弾は左衣嚢内の包帯包みを貫き右腋下を過ぎて飛び去り予は微傷をも負わなかった。予は深く幸運を天に謝し、さらに前進を起こす時しも予の後方より予を呼ぶものあり。顧みれば連隊旗手角田少尉負傷して斃れたのであった。予は直ちに軍旗を捧持し旗手代理となって、更に前進した。雨の如き弾丸の下を潜って漸く海鼠山の麓に達すれば、敵の鉄条網は直ちに我が勇敢なる兵士の幾十人かを奪った。この時鉢巻山を見やれば、敵はさらに必死の勇を以って第三回逆襲に出で、殺傷無数、山上ほとんど人影を見ず、連隊長は声をからして予等を呼ぶのであった。山巓には敵の重砲弾の爆裂する響間断なく、さながら火山の噴出を見るようである。予は軍旗を捧げ鉢巻山に攀登したが、山険《やまけん》にしてしばしば躓《つまづ》き脚を失して倒るるに加えて、山頂に爆裂する砲弾と爆破さるる岩石との破片は霰の如く頭上より落下し、彼我の死体は弾片に当たりて砕け、臓腑は露出し、衣服は火となりて燃え、凄愴ともなんとも形容の辞がない。辛く山巓に達した時はほとんど皆重傷者のみで将校は連隊長、副官外《ほか》一二名に過ぎない。軍旗の山頂に翻るや、衆復《ふたた》び勇を鼓し、士気さらに振るう。部隊を整頓すれば死傷のもっとも多きは第八中隊にして上等兵以下十二名となり、第三大隊もまた将校一名を残すの外、幹部全滅し、一時間の内五回迄も前進を促さるるといえども、最早進むべき兵はほとんどなくなった。ここにおいてか絶巓に軍旗を翻し、「これより一歩たりとも退くものは斬り捨つべし」と令して、残軍ここに踏み止まり鉢巻山を死守するに決した。ああ惨烈なる戦闘！野戦隊の精鋭三分の二は死傷して、わずかに盤龍山二砲台と鉢巻山とを勝ち得た。

八　鉢巻山の地獄生活

旅順攻囲軍の歴史は一として惨絶ならざるはないが、その戦闘の古今に比を見ぬほど惨絶なるが如く、その戦闘前後の幕舎生活も類稀《たぐいまれ》なる惨絶な生活である。人間の生活と言おうか、獣の生活と言おうか。獣とてもかくまでにはない。嗚呼鉢巻山の地獄生活！

八月二十二日より軍は内地より補充兵の来たるまで、各部隊をして現在地を死守せしむることとなった。我が連隊もまた依然として鉢巻山を固守するのである。鉢巻山は敵塁中の一部に突出して、深く敵中に孤立している有様で、右は海鼠山より、左は寺児溝北方高地より側射を受くるため、後方との連絡は全く絶え、昼間は伝令の負傷するもの相次ぎ、ついに決死の兵のみを募って伝令に充つることとなった。

まず第一になさねばならぬ仕事は宿営地である。側射を受くるため頻々《ひんぴん》死傷者を生ずるのでやむなく海鼠山に対し堤防を作るのであったが、悲しい哉、海鼠山は我が鉢巻山よりは高く、敵は我を瞰射《かんしゃ》するの好位置にあるため、この堤防もあまり用をなさない。さらに敵の逆襲に備えるためには散兵壕も作らねばならず、後方連絡のためには交通壕も作らねばならぬ。数日来の戦いによって生じた累々たる死体も埋葬しなければならぬ。しかもこれらの作業は昼間は敵弾の目標となるゆえ、行うことが出来ない。夜間一睡をもなさずして之に従うのであった。加うるに損害を重ねて人員いたく減少していることとて工事の進歩遅々として捗らない。

予は連隊旗手となったうえ、勤勉なる連隊副官も下痢のため後方で休養しつつ事務を執ることとなったので、予は一時に連隊副官と旗手の仕事を務めねばならなくなった。かくの如き有様ではあるがしかも爾霊山攻撃以後の惨況に比べれば、我が連隊はまだまだ立派なものであった。

夜間のみの仕事とて死体の埋葬は殊に困難であった。山は全く岩石から成っているので、深く掘っていたらば一つの穴にも多大の時間を要する。砲弾に砕かれたものは誰の死体やら全然分からない。仕方がないから死体を打ち重ね、浅い穴を掘って石片にてこれを覆うばかりである。しかも死体のあり次第、その位置に適宜に埋めるので鉢巻山の半面は皆墓地になってしまった。この墓地の間にまた穴を掘って我等は幕舎生活を営むのであったが、この一時的な埋葬を行った死体は、夏の炎天の事とて四五日の後には盛んに腐敗し、死体の脂は岩の隙を洩れて掘開した幕舎の中に浸透し来たり、紛々たる臭気は嘔吐せんばかりであるけれども、どうすることも出来ない。この臭く汚き墓穴同様の幕舎に、烈日に頭を蒸されつつ、敵や来ると待っている時の心、とても言葉に表わし得るものでない。

何を食べている? 八日の間、ただ麺麭《パン》ばかりである。水? 水は一滴も飲めぬ。交通壕の完成せぬため、糧食は辛うじて麺麭を送り来るのみ。水気のない麺麭を食らえば平生でも渇くのは当然である。しかも水は一滴も得られない。山麓にわずかに雨水の貯留している所があるけれども、まったく敵前に暴露しているので出れば必ず敵弾が集中する。それゆえに飯盒一杯の水を得るのは容易ではないのである。一口の生水は実に人間一匹の生命と取っ換えっこをしなければ得られない。予の口中は全く荒れて物の味わいは少しも分らなかった。給養の粗悪かくの如くであるから、下痢患者と夜盲症は日一日と増加してきた。当時は夜間の作業であるから、夜盲症ばかりは全く無用の人足、実に以って情けない次第。

敵は毎日、海鼠山から小銃を以って我等を苦しむるのみならず、ついには椅子山・黄金山から重砲を発射するに至った。なかんずく彼の二十八珊榴弾砲は、曲射のこととて、常に予等幕営地の各所に落下し、その度に幾人かを殺傷する。この二十八珊の巨弾は毎日日没の頃必ず六発ずつ我等を見舞うので、我等はこの六発の御馳走が済むと初めて互いに無事を祝し合うのであった。かくの如き状況であるから、士気漸く衰えざるを得ず、如何ともなし難きに至った。あたかも二十七日の午前四時であった。暴風は雷雨を伴いて来たり四辺暗黒にして咫尺を弁じない。時に敵の斥候数名前哨に近づき来たったのを歩哨は敵襲と思い違え、前線に射撃が起こった。敵はまた我が軍の攻撃であろうと、盛んに銃砲火を浴びせかけ、喧噪騒擾の狂態しばらく止まず、ついに負傷者三名を生じたのは愚の極であった。

二十九日からは後方から飯を炊いて送らるることとなったが、夜暗を利用して運搬することとて二日分一度に送るため、翌日に至れば腐敗して鼻持ちならぬ臭気を発し、加うるに死体より生ずる蒼蠅は幾匹となくこの飯器に出入するのであった。驚くべきことには、人間であるという観念は日に日に薄らいでしまって、どうも人間である心地がせず、人をも我をもただ国家のために漸次消耗してゆく物品のように思惟するに至った。

ここに記さなければならぬのは、八月十三日補充として到着した某予備少尉が、即日自己の携帯せる拳銃にて手を傷つけ帰還したことである。それは過失であったろうが、師団よりは「その原因を報告せよ」と命ぜられた。けれども予は、「過失は過失なり原因なし」と答うるのほかなかった。今や鉢巻山守備のためには一兵といえども貴重な時である。まして将校として、よし過失とはいえ、わずかな軽傷を以って到着即日帰還するが如き、もしこの事実にして明らかにならば彼はいかなる顔を以って国民に対することが出来よう。聞くが如くんば彼は山梨県の豪族の子息で、その出征に当たってや送別者中に赤坂の紅裙隊《こうくんたい》（注・芸妓）があったという。

十四日、補充兵約四百名来着した。けれどもなお第一中隊は九十名に上らなかった。

連隊長の軍刀は何人の作たるかを知らぬが、刀身に天照皇大神と刻してあるので、連隊長は常に之を抜いて武運長久を祈り、自らこの刀があれば決して敵弾に触れずと信じておられしゆえ、その行動つねに大胆不敵であった。その一例を挙げると、八月十五日、衣服に虱が生じて心地悪しきゆえ、山麓の水溜りで水浴しようと勧められた。予は昼間は砲撃せらるるの危険ありとて極力諫言したが、「なに、この刀があれば大丈夫だ」とついに山を下って敵前に水浴を始められた。「ああ、危ないなあ」と思ううち、案の定敵の一砲弾、連隊長の三尺ばかり前方に落下し、凄まじき砂塵の中に連隊長の姿は隠れたが、やがて帰り来たりて一笑し、全く神の保護だと予等に信仰の必要を説明した。海鼠山を占領した際にも、旅団長と共に陣地を巡察して敵の狙撃を受け、旅団長はその場に死没せられたが、連隊長は彼の軍刀と靴に二弾を受けただけで、身体には何の故障もなかった。偶然とはいえ、信仰の慰安は大なるものであったであろう。この刀は後に中佐の死後、叡聞に達し、御買上げの栄を蒙ったという。

ここに付記しなければならぬのは、鉢巻山滞在中に生じた生死不明者三十六名がついに発見せられずに終わったことである。全く敵砲弾に砕かれて死んだものであろうが、確証なきため不明は不明として永久に残るのほかない。英霊さぞかし鉢巻山上に迷うていることであろう。嗚呼。

九　海鼠山攻撃

軍は以後正攻法を以って海鼠山を攻撃することになった。我等は炊事場より送って来る大切な空叺《あきかます》―天幕生活中唯一の敷物たる空叺を以って土嚢に代用し、海鼠山麓に突撃陣地を構成し始めたが、その完成せざるに早くも九月十九日の攻撃の日は来た。

当時、最も士気を衰えしめたのは、我が砲弾の欠乏したことである。砲兵の如きは砲一門に付き一日何発と定められ、加之《おまけ》にその弾丸も鋼鉄製のものは稀で鋳鉄代用弾を使用するのであった。既に砲弾がない。頼むものは肉弾である。嗚呼、肉を以って砲弾に代うる戦闘！

十八日、攻撃の部署は決せられ、栗原、吉田の両中隊を以って二個の突撃隊となし、両隊に爆弾投手として工兵六名ずつを附し、栗原中隊は海鼠山麓より、吉田中隊は鉢巻山頂より、共に海鼠山南端に突撃することとなった。而して両中隊は更に数名の決死隊を募り、工兵と共に最先に突撃せしむることとし、これが指揮を古田、樋口の二少尉に命じた。古田少尉は予と士官学校時代の同窓で沈勇の士、樋口氏は予備で才智縦横の人であった。

予定の十九日は来た。空はどんよりと掻き曇って、烈風は砂塵を巻いている。長い間の幕舎生活に倦み、幾日か我等を苦しめた海鼠山の敵を今日こそ撃攘してくれようと勇立った兵士は、攻撃の開始を今か今かと待っていたが午後一時に開始せらるる筈であった砲撃は如何にしたのか、開始せられない。一時半、二時、二時半になっても我が砲兵陣地は寂として静まり返っている。我等は気が気でない。午後三時に至りやっとのことで砲声が起こった。しかし当初の予定では一時に砲撃を開始し、五時に歩兵の突撃を開始するはずであったので、余りに砲撃が遅れたためその効果容易に現れぬ。しかしながらこの場合遅疑して戦機を誤ることは出来ぬ。午後五時三十分、遂に前進の命は下った。両中隊の決死隊は先ず脱兎の如くに突出し敵塁下にある岩石の陰に潜んで機を待つ間に、中隊もこれに続いて突進した。この時敵の砲兵は盛んに我が軍に向かい砲火を浴びせかけた。決死隊は岩石に身を覆いつつ前進して敵塁に近づき、先ず爆薬を敵塁に投じて敵胆を寒からしめ、機を移さず直ちに突入し、続いて攻撃中隊の全部も中腹散兵壕の左翼の一部を占領したのは正に午後の七時だった。

この時更に第六・第八中隊を左翼に、第九・第十一中隊を右翼に増加し、第一大隊を鉢巻山に招致し、連隊長と予とは軍旗を捧げて海鼠山に進んだ。この夜天地晦冥《かいめい》にして烈風吹き荒み、砂塵面をうち、加うるに鉢巻山の地獄生活で歩行に慣れなかった我等は体力いたく衰え、急坂を攀登する際の苦痛容易ならず、そぞろに突撃隊の労苦を偲ばしめた。我が突撃隊の占領したるは中腹敵塁の一部であるから、山頂及び未だに占領されざる右方の敵塁より盛んに射撃し、弾丸は雨の如く我等の周囲に落下してくる。

漸く山の中腹に達して停止したものの、何処を見ても真っ暗闇で諸隊の位置を明らかにすることが出来ない。伝令を四方に派して連隊本部のここにあることを伝え、兼ねて状況を聞知するのであった。

この夜一人の兵卒があたふたと我等の陣中に駆け込み「包帯をしてくれ」という。調べてみるとツイ先頃来た補充兵で、方向を間違えて敵塁に駆け込み、敵兵に誰何《すいか》され、言葉の違うのでハッと気がつき、吃驚仰天《びっくりぎょうてん》逃げ出した後ろから射撃され、予等の位置を包帯所と思い誤って来たのであった。その狼狽さ加減には流石《さすが》の我等も一笑を禁じ得なかった。しかも今や我等の連隊は大部分かかる補充兵に充たされている。心細い極みではないか。

敵は山頂からしばしば円形の爆裂弾を投下したが、その導火索が長いために容易に爆裂しない。我が軍はこれは有難いものが来たと、早速拾って投げ返し、敵は自分の爆裂弾で自ら滅ぶ様な馬鹿を見ることになった。この爆弾は我が軍の初めて使用したもので、敵はその力を非常に恐れたものと見え、遂には之を真似て作成したのだが、導火索を長くし過ぎて却って自分にとり有害無益なものとしてしまったのはとんだ真似損ないであった。

やがて二十日の朝は来た、昨日と変わった日本晴れの上天気であったが風は依然として衰えず、砂塵は黄色くなって空を飛んだ。日出と共に昨夜の本部の位置から昨日我が兵の占領した陣地に至ると、驚くべし、敵の陣地とはその距離わずかに十五米突に過ぎず、互いに爆弾を投げ合うて闘っているのであった。この地点は左方敵陣の一部に過ぎないので、右方の敵からは我が後方を射撃せられ、ここに於いてか鉢巻山の交通は全く絶えてしまった。ようやく手旗信号を以って信号を伝えたが、やがて信号手も負傷してしまい遂に交通路を造るに決した。

六時、我が砲撃は開始せられたが、この時我等は余りに敵に接近していたため、味方の曳火弾の為に殺傷するような苦境に陥った。旅団よりは頻々として突撃を促し来ること幾回なるかを知らぬ。午後二時、第十五連隊の一中隊は我が連隊長の指揮下に属することとなった。因って午後三時、各中隊長を集合し各中隊より決死隊十名を選び大隊毎に三方より敵の重砲陣地に突撃するに決した。第十五連隊の一中隊は連隊の突撃と同時に、海鼠山の西南角に突撃せしむる。即ち右翼に向かうものは第二大隊の決死隊で大隊長代理瀧澤大尉之を指揮し、中央は第一大隊の決死隊で連隊長自ら之を指揮し、左翼は第三大隊の決死隊で中原少佐之を指揮す。突撃準備愈々成り、突っ込めの一令の下に雨の如き敵弾を冒して、阿修羅の暴れ狂うが如く三面一時に敵陣に突き入った。忽ちにして将傷つき、兵斃れ、胸を貫かれて死するあり、手を失うて仆《たお》るるあり、死傷全体の半ばを過ぎたが、なお獅子奮迅の勇を鼓して戦ったので、敵は遂に支ゆる能わず陣地を捨てて退却した。時を移さず防御工事に移れば、敵は盛んに砲撃を加えて我を妨害する。

この日勇敢無比と称せられた瀧澤大尉、古田少尉もまた戦死者の中に加えられた。瀧澤大尉は日清戦役に於ける殊勲者で、動作厳正、寡言実行の人、青年将校が理想の軍人として仰慕した人で、不日少佐に任ぜられるところをあえなくこの地に斃れた。古田少尉は成城学校時代よりの予の同窓で、同じく寡言実行を尊ぶの人であった。予は少尉の戦死を聞き、直ぐにその戦死場所に行ってみると、少尉は鉄板を以って覆った掩蓋の下に敵将と重なって俯臥していた。少尉は決死隊と共に真っ先に突撃し、掩蓋内に突入し刀を揮うて敵将を斬り、敵将また短銃を以って狙撃し、相共に斃れたので、敵将は右肩より斜《はす》に切り下げられ、少尉は前額を貫通されていた。その最後の勇敢なる、実に武人の亀鑑というべきではないか。

この夜は徹宵《てっしょう》（注・夜通し）防御陣地構成のために働いた。昨夜一睡だもせず、終日の戦闘に疲れたる身を以って、更にこの工事に従う、戦場の常時とはいえ、兵の労苦もまた大である。

この戦闘は要塞戦としては平凡な感があるが、この一海鼠山は我が攻囲軍にとっては最も有利なる地位なのである。蓋し、この山上からは旅順港内を展望し得るので、敵の軍艦を撃沈するには唯一の観測台である。鉢巻山及び海鼠山占領の功績に対し、軍司令官は連隊に感状を授与された。

この攻撃に於いて予は幾多の教訓を学び得た。この戦闘中、右翼突撃隊の奮進は戦局上多大の効果があったが、これは敵の側防火を分離せしめたからである。これを以って如何なる陣地を攻撃するにも数方面より突撃することの利多きことが判る。またこの突撃中、予は甚だ散兵線と密接していたが、敵の射撃刻々と猛烈を極め来り、我が兵相次いで斃れ、手を打ち折られ、足を射らるるものなど続出し、或いは傷つける小隊長を背負うて帰るものなどを見るに及んで、もしや撃退せられてしまうのではあるまいかと憂慮した。しかし勇敢なる我が兵の死を決したる突撃には、流石猛烈なる防戦もその効を奏さなかった。戦術書に「戦闘中指揮官の位置はなるべく後方静粛なる位置にあるべし」とあるが、ここに於いてその真なることを悟った。死傷の甚だしきを見ては勝ち目になった軍《いくさ》も敗戦と見え、指揮を誤ることとなしとも限らず、また干渉せずともよい場合に干渉したくなることもあるであろう。また陣地に於いて側防の如何に重んずべきかもこの戦闘の教えたところで、側防の完備せる陣地はその一部分を敵手に委するもなお数日間これを保つことが出来ると思われる。

一〇　海鼠山守備（一）

例に依って敵要塞の砲火は盛んに我が占領したる海鼠山に集中せらるるので、防御工事は毎夜、闇を利用して継続さるるのであった。戦死者の埋葬も燃料さえ欠乏の場合数百を算する死体を一々火葬することは出来ぬので例のように、彼方此方へ土葬した。敵に近く斃れた死体は容易に収容することが出来ず、中には日に焼かれ雨に曝されて、無残にもそのまま朽ちてゆくものもある。しかもかかるものこそは実に最も先方に進んだ、全軍中の勇者であるではないか。彼等の肉体はかくして葬らるることもなく、世にも哀れな最後を止めるけれども、彼等の霊は必ずや天にありて勇士の光栄を誇ることであろう。

ここに心配の多いのは叙勲申請の事である。下士以下戦死者の叙勲申請に就いては、予はその担任者だったゆえ、それらの勇士の英霊に告げるためにもここに一言しておきたい。第一回総攻撃後漸く戦死者に対する叙勲の手続きは一定したが、それ以前の戦いに於いては金鵄勲章の恩典に与《あずか》らぬ戦死者も往々あったので、予は当時の責任者ではなかったが不思議に感じた。総攻撃以後は戦死者に限り、官等一級を進め、然る後殊勲者として叙勲の申請をなすこととなったので、これは全軍の犠牲となって斃れたる忠魂に対し、当然のことである。しかしてこの申請はなるべく速やかにこれをなし、遺族をして一日も早く安心せしむるのが、生残せる我等の義務であるが兵卒の進級は連隊長の権内にあるも、下士は師団長の許可を得なければならず、将校は陸軍省を経過しなければならぬ。故に予《あらかじ》め進級した者として功績証明書を作らなければならぬ。この明細書なるものは一人に付き二通を申達する規定なるうえ、中隊にもまた控書一通を保存するの必要があるので、都合三通を調製する訳である。戦闘後、幹部殆ど稀なるの時、かくの如き繁文に煩わされるに加えて、一度提出すれば「嶌村の嶌は嶋なり」「盡は盡なり」「當は當なり」などと付箋して返さるる。この明細書たるや、多くは曹長以下で調整するので、かかる誤りは幾等あるか知れぬ。それを連隊に集めて一枚毎に点検訂正するので、遅滞したものは益々遅滞する。戦死三四百に達すれば、これらの明細書は予の机上堆をなし、一箇月以上はこれが調査に忙殺されるを常とした。

海鼠山の守備は、実に九月二十日より十一月二十六日爾霊山攻撃に至るまで二箇月余に亙《わた》っている。この間に発生した事故は、錯綜筆を執るに遑《いとま》なき程であるが、まず戦術上の事から記述して行こう。

占領の日の日没後、戦場捜索隊は敵の掩兵部内に至ったが、突然四五名の露将あるを認めて追及すると、彼等は哀を乞うて降参の意を表した。そこで直ちに連隊本部に引致し尋問したところ、中の一老将はモスクインと称し、露軍の一等大尉即ち我が少佐相当の武官で、この日海鼠山守備隊長であった。彼は左腕に貫通銃創、足に砲弾打撲傷を受け、なかなか苦しそうに見えたので、軍医を呼んで包帯をなしやり、パン、水などを与えたところ、兵卒の手に接吻などし、暫しは涕涙滂沱《ているいぼうだ》たるものがあった。「退却すれば出来たものを何故退却しなかったか」と聞くと、彼は涙を拂うて、「露軍では凡そ一陣地の守備隊長たるものはその守備地に斃るべきで退却せんか銃殺せらるるの外はない」と豪語する。真か偽か知らぬがとにかくその心事や憐れむべしである。

　海鼠山の陥落するや勇敢なる歩兵第十五連隊は二十一日夜より二十三日夜に亙り爾霊山の攻撃に努めたが天嶮に加工して金城湯池を誇り、一夫関に当たれば万夫をも退くべき堅塁のこととて左右なくは落ちず、さすがに勇猛を以って聞こえたる高崎連隊も多大の損害を受けて退き、暫く攻撃を中止した。ああ爾霊山、爾来幾月、我が忠勇なる士卒を苦しめ、幾許かの連隊大隊を全滅せしめ、曠古未曾有の激戦を演じ、観戦外国武官をして「これ戦争に非ず彼我の虐殺なり」とまで嘆ぜしめたる爾霊山は、まずかくの如くにして初めて我が銃火を蒙った。

　九月二十四日、旅団長山本少将は通訳官を従えて来り、連隊長と共に陣地を巡視せられた。この時如何にしけん、防御工事のない場所で暫時敵方を展望せられたのでたまったものではない、敵は僅々三四百米突の距離におり、帽の色までも判別し得ることとて、旅団長の紅帽を見て我が高等司令官と思ったのであろう、得たり賢しとばかり一斉射撃を加えた。露兵の狙撃は実に巧妙である。刹那旅団長は胸部を貫かれてその場に即死し、従者皆衣服、帽などを射られ、倉皇《そうこう》急を連隊に報じた。昨日までは中央隊の司令官たりし人が、今日は思いがけず海鼠山上の露と消えようとは、戦場の習いとはいいながら余りに無常迅速で人も我も驚いた。これにつけても武器の発達せる現時に在っては、敵弾を軽視するということは最も注意せねばならぬことである。

二十七日、我が海軍は海鼠山上に望楼を設けた。これに備え付けたる巨大なる望遠鏡に依れば旅順港内の大半は見得べく、敵艦上の水兵すらも点々指摘することが出来、一大パノラマを見るの観がある。旅順旅順と上陸以来一日だも我等の脳を離れたことのない敵の本城は、今や我等の目に入る様になった。その愉快は言葉の及ぶところではない。今や海鼠山は我が軍に於ける名物山となり、巡視来訪するもの引きも切らず応接に遑なき程だった。曰く乃木司令官、曰く師団長、曰く軍工兵部長、曰く海軍重砲隊長、曰く外国武官、曰く新聞記者、一去一来して止む時もない。

十月五日になると突然二〇三高地に向かい、対壕作業を実施すべき命令が下った。対壕作業とは敵陣地に向かい壕を掘り、敵方に堆土をなし、以て敵の射撃に対し安全に進み得る通路を作るのである。これを行う場合には土を掘るだけでは作業が遅くて堪らぬから、まず夜間土嚢を運搬して敵の射撃を避くる丈に堆積し置き、昼間この土嚢の陰で漸次土を掘り下し、漸次所要の深さに達せしむものである。土嚢を積んだり、掩兵部を構築したりするのは工兵の任で、歩兵は壕の堀開に当った。始めの間はこの為に工兵一中隊を附せられた為工事頗る進捗したが二三日経つと中の二小隊は松樹山方面に行く事になったので、爾霊山に対しては僅かに特務曹長の指揮する一小隊を残さることになったうえ、補充兵達せず、人員少なき為、毎夜六十名の作業兵を出すのは困難となり、時としては二昼夜連続して勤務するものをも生じたので、厄介なる夜盲症と脚気とは又もや続出し、工事の進歩遅々として捗取《はかど》らなかった。

一一　海鼠山守備（二）

爾霊山の名が標高二〇三米突より来り、乃木大将の詩に於いて初めて使用されたことは人々の知る所である。爾霊山の北方に連なれる高地を赤坂山という。この高地の命名につきては、連隊長の発議で毎日の敵情を報告するに当たり山の名がなくては不便で困るから何とか命名しようということになり、種々合議の末、予の主張した赤坂山という名称に決した。蓋し我が連隊は赤坂檜町にあり、赤坂山は早晩我々の連隊が占領すべきものと思ったからかく命じたのである。なお赤坂山から我が海鼠山に通ずる露軍の交通壕があるが、それが赤土の坂をなしていたので、これも亦《また》この山名を案出した動機となった。

鉢巻山付近の戦闘の際には約九百名の死傷を出し、その補充として八月十三日、約四百名の補充兵が来たけれども、海鼠山攻撃ではまた三百名の死傷を生じ、それからも殆ど連日負傷の為に幾人か後送されぬ日はないので連隊は今や定員の三分の一にも満たなくなってしまった。漸く九月二十七日に至って二百五十名、十一月二十日に至って四百名の補充員が到着して、どうやら定員の大半を満たすようになったが、驚くべきはこれらの補充員中に、海鼠山占領の際負傷したものがあったのだ。海鼠山で負傷し、僅《わず》か二箇月を過ぎたばかりで又もや海鼠山に補充に来るとは、ああ我が軍、兵既に尽きたるかと予は天を仰いで嘆じ、ひそかに寒心せざるを得なかった。而して彼等忠勇なる補充兵は嘲笑して曰く「将校は一たび負傷すれば復た戦場に来ない。しかし我等は命のある限りは十遍でも二十遍でも帰るのだ」と。而してこれ実に当時の真情を語っているのである。自分は斯かることを公言するを好まないが事実は事実として記すの外はない。ああ卿等忠勇なる兵卒よ、卿等の力によりて旅順は落ちたのである。卿等の精神によりて帝国の国礎は守られたのである。かの微傷を負うて内地に後送せられ、たちまちに全治し、平然として補充隊に執務していた将校輩、何の面目あってこの忠勇なる兵卒に対すべきぞ。今や野戦部隊は予備もしくは後備の将校のみとなり、しかも多くの欠員を有しつつ、多数の現役将校が補充隊に満ちているの奇観を呈した。予は言明す、予の連隊の如きは旅順は愚かのこと奉天の陥落に至るまで、一度負傷した将校は遂に帰って来なかった。

十月二十六日から旅順第二回総攻撃は開始せられた。即ち第一師団の一部は松樹山を、第九師団は二龍山を、第十一師団は東鶏冠山を攻撃するので、我が連隊はこの間に爾霊山および赤坂山の敵を牽制するの任務を帯びていた。二十六日、二十七日と砲撃が続き、殷々たる爆声絶えず天地を動かしていたが、二十八日に至り我が二十八珊《サンチ》砲は爾霊山に向かい試射を行った。海鼠山頂より爾霊山頂までは僅かに六七百米突に過ぎないからその破裂の光景は歴々として眼中に入った。巨大なる二十八珊弾のキューキューと空を鳴りゆく時、掩堡上に身を現わして見物すると、敵は我に対し射撃を加うるの勇気なく皆首を縮めて匿れてしまうのは小気味よく感じた。巨弾一たび命中するや、掩蓋を破って数町（注・町は約一〇九メートル）に吹き飛ばし、死体を空にはね上げる有様、物凄いばかりである。

爾霊山の敵を牽制する為には敵の鉄條網を破壊して、我より攻撃するかの如く思わしむる必要がある。これが為に連隊は毎夜数回の斥候を派し敵情を探りたる後、歩兵二十名、工兵三名位を一隊として鉄條網を切断せしめ、漸く目的を達するものの、翌日になれば忽ちに修理されるのであった。三十一日、この斥候に出て鉄條網下に戦死した萩原軍曹の死体は遂に収容することが出来ず、敵中に葬られたのは遺憾の次第であった。軍曹は出征当時から、予の小隊に属し、沈着剛毅、持久力に富み、加うるに勇敢無比の士で衆の仰慕するところとなったが、遂に爾霊山麓の土と化したのは惜しいことであった。

戦闘は五日に亙《わた》って至る所に修羅の巷は演ぜられたが遂に不結果に終わってしまった。嗚呼、旅順は遂に難攻不落であろうか。日本軍の勇敢無比を以って尚攻め落とすことが出来ぬであろうか。

当時、兵卒の私語するものを聞くに曰く、「旅順に来て第一に幸福なのは負傷者である。次は病者である。次は戦死者である。生き残った者程馬鹿げた者はない。どうせ死ぬるものと決まっている。生きて苦しむのは損だ」と。しかもこれが当時兵卒の一様に持っていた考えであった。攻めても攻めても落ちぬ鉄壁の敵塁、頑強を極むる露兵の抵抗、物凄き音を立てて瞬時に幾十百人を斃す機関銃、進めば進むだけ斃れてしまう機械のような味方の兵、このような中に生活する彼等に対して常識的判断は強いられるものではない。

休養の間は虱《しらみ》に苦しめられた。連隊本部の書記の如きは、手を以って取るのは緩慢なりとし刷毛《はけ》を以って掃い落していた。寒い時には衣服を脱いで一晩舎外に曝し、凍死させようとしたが駄目なこと、虱は寒さでは死なないのであった。十月一日、空晴れて日うららかな、真の小春日和、虱もうずうずと這い出して来るので、予は連隊副官と共にシャツを脱し、虱取りを始めた。予、駄句って曰く、

将も卒も虱退治の小春かな

その時突然、新任旅団長馬場少将、陣地視察に来られたので、二人は大きに狼狽《うろた》え、漸く上衣を着して挨拶をしたのは如何にも滑稽であった。

三日午後一時頃、双島湾の方面に当たり真っ黒な雲が天を覆うて来たので、さあ驟雨が来襲して来たと思っていると、豈に計らんや、これは旋風が塵埃砂礫《じんあいされき》を巻いて飛んで来るのであった。やがて我

等の山巓を目がけ、まっしぐらに襲うて来ると、忽ち幕舎を巻き上げ、一同目を閉じ、手拭もて口鼻を覆い辛く呼吸をしてその過ぎるのを待った。此夜はいたく寒冷であったが、夜具とては唯一枚の毛布があるばかり、それも丈が足らぬので暁の寒さには、首を匿せば足が出、足を覆うと頭が出、猫の昼寝然たる有様であった。朔北の寒風漸く至り、戎衣の袖薄きを嘆つの時とはなったが、敵は依然天嶮を恃んで屈しない。南山を陥れてより五箇月、砲弾の交換は一日として絶ゆる日なきも、尚敵の本防御線は僅かに海鼠、鉢巻の二塁を我に委したるのみである。

五日の夜、連隊副官は某海軍少尉と共に敵の山頂に遺棄し去った魚形水雷を点検し、之を分解したるに綿火薬二十五キログラムを填実《てんじつ》してあった。露軍はこれを山上から我に向かい発射する積もりで、発射管をも備えてあったのである。火薬だけは抜き取っておき、弾は好記念物として補充隊に還送せしめた。これは現に歩兵第一連隊の将校集会所前に装置してある。この火薬は軽便な焚き付けとして珍重された。蓋し、これは緩燃性で、小量を用うれば少しの危険もない。然るにある日、連隊本部で水汲みの為に使用している支那苦力、何のつもり分量も知らずに大きな塊のまま火中に投じたので忽ちに轟然として爆発し、彼は面部を全く焦がして、泣き叫んで苦しんでいたのは、滑稽にもまた憐れなことであった。

八日、麻布区有志者から贈られた飴が届いた。陣中に在って故国の有志の志に成る贈り物を受くるはこのうえもなく喜ばしい。一同に分配して時ならぬ珍味に舌鼓を打ったが、ここに予等は更にそれ以上の時ならぬ珍味を味わうことが出来た。それは汁粉《しるこ》である。この場合に汁粉を食べるなどとは全く以って嘘のようで、この上の珍はない。これは従卒等の頓智から出来たもので、飴に付着していた澱粉《でんぷん》を取って餅を作り、晒し餡を酒保より求めてこしらえたのである。飴の粉さえ無駄に捨てぬのは戦地である。

鉢巻山の下の雨水もこの頃は全く涸れてしまったので、各中隊に支那苦力を雇い、一里ばかり後方の村から水を汲んで来させるのであった。この他に支那土人もまた水を担いで売りに来た。一荷につき四十銭位を支払うのであったが時としては兵卒の残飯と交換することもあった。思うに彼等は米飯を以って非常に貴い物としているらしい。水の供給がかく不足なるため師団では井戸掘り人足を送り、海鼠山山麓に露兵の掘りかけて置いた井戸を浚渫《しゅんせつ》したが、濁水でついに使用に耐えなかった。敵も水の為には大分困難していたものと見える。

ブリキ製の缶は少しも捨てず盡く工兵廠に送付することとなった。これは手擲爆弾の製造に使うとのことであった。当時攻撃は全くこの爆弾に依るのほかなかったので、小銃は敵が掩蓋の下に匿れているため、ほとんど用をなさなかった。実に旅順戦位小銃射撃の軽視された戦争はない。戦争は手を以って擲《な》げるこの爆弾と、銃剣のみを以って行われた。而して最後に来るものは肉弾であった。

一二　海鼠山守備（三）

吹く風は日毎に寒くなり、日は益々短くなって、十月二十二日は初めて薄氷を見た。この夜は月中天に在り、皎々として白昼の如く、数行の雁、我等の頭上を低く南に飛び、人をして思わず万里遠征の感を起こさしめた。予はこの時、李白の五絶を思い起こさざるを得なかった。

　牀前看月光　　疑是地上霜
　擧頭望山月　　低頭思故郷

あわれ天地闃寂《げきせき》として偶々対壕作業の鶴嘴《つるはし》の音と、これを妨ぐる小銃の音が思い出した様に山麓から響いてくるとき、塞外に立って故郷の天を望む。征士の心金鉄の如しと雖もまたいかで断腸の思いがなかろう。

明くれば天長節は来た。兵卒は皆紙を以って旭旗を作り自己の幕舎に立てて祝意を表し、連隊は山麓に集合して東に向かい分列行進をなし、遥かに陛下の万歳を祈り奉るのであった。この時上陸以来初めて、喇叭の音を聞き、心は異様に勇立った。この分列行進の間も、なお休むことが出来ずして対壕作業を行っていた兵卒の中一名即死し、四名は傷を負うた。対壕ももはや爾霊山麓に進んだので敵の攻撃は毎日なにがしかの我が兵を奪い去るのであった。

予等は八月十三日、泥河子《でいがし》の小川で水浴をして以来、水の欠乏に苦しめられ、一回だに身体を拭いたこともなく、まして入浴などは望むことも出来なかった。連隊長は天長節の御馳走として、どの様なことをしても入浴すべしとなし、支那人の大甕を徴発し、支那人をして之を汲ましめ、敵の掩蓋材料を燃料として風呂を立てた。いよいよ湯が沸くと、大隊長、中隊長皆来たって入浴したが、予は遅れてこの恩典に浴した。入ってみると驚くべし、水貴重にして汲み出すことを禁じ、皆中で洗い、一度も替えぬこととてさながら白水の如く、垢と虱とはもつれ合って浮いていた。しかし半年振りの入浴、そんなことを気に掛けている遑《いとま》はない。ざんぶと計り飛び込めば、水は首まで浸かり爽快いうべからず、湯は虱の食った処に浸み込んでその心地好さ、七年後の今思い出してもなお肌を震うばかりである。

十二日、対壕作業は漸く爾霊山に上り始めた。当時我が軍で給する掩蓋材料を露国のそれに比ぶれば、実にあわれなもので、板は薄く、丸太は細く、二本合せて漸く使用し得る位、これを見てもつくづく日本人の仕事の小規模なことを悟った。

十五日に至れば既に山々は白雪皚々《ガイガイ》として、寒さは膚に徹し、肉を噛むのであった。ここに於いてか連隊本部は山麓に下り、洞窟を造って穴居することになった。これからは各中隊も漸次に穴を掘り、石垣を積み、壁を作って入口の外、外気の出入を避け、穴居の生活を送るのであった。薄暗き岩穴の中に髯だらけの汚い男が、目を光らして座っている有様は山賊の住家とも思われ、土蜘蛛（注・大和朝廷に服従しなかった辺境の民の蔑称）、アイヌの生活も斯くやと思われた。

かかる生活の中で最大の慰安を与えられらたのは、東京市小学校の生徒より贈らるる慰問袋であった。無邪気な書きぶり、可憐な思想、これら未来の国民の我等に対して表した赤誠は、どのくらい我等の心を慰めたことであろう。彼等の中には「子供は何故軍人になれぬか」という奇問を提出したものもあった。またわが母上には、防寒用として真綿の襦袢を送られた。着てみれば丈が余り短い。一連隊の生命ともいうべき軍旗を捧持するほどになった予をも、母上はなお昔のままの子供と思うてい給うことであろう。回顧すれば予は去年の暑中休暇に帰省したまま、出征の時にも母上に逢わずに来てしまったのである。予は母上なつかしさの余り思わずも落涙した。

十八日、元予の小隊長たりし第六中隊より入浴に来るよう招かれたので、こは忝《かたじけな》しと早速山に上ってみると、風呂場は石垣を以って周囲を取りまき以って風を防ぎ、敵の遺棄した大きな湯沸かしを据え、入浴規定として左の三條を掲示してある。

一、何人たりとも風呂場にて虱を掃うべからず

二、水は露兵の飯盒にて二個より多く使用すべからず

三、一人にて十分以上入浴すべからず

当時虱の多かった事、水の尊かった事、以て知るべきである。予はああ好い心持ちだとうっとりしていると、忽ちにして十分間を経過してしまい風呂番たる兵卒が背中を流そうと勧めたけれども、規則違反は好ましくないから直に衣服を着して中隊長に礼を述べ、今少し入っていたかったが、時間が過ぎたから出た旨を語ると、中隊長は将校だけはこの限りに非ずと諧謔された。

二十三日、我が第三軍は左の勅語を賜った。

勅語

旅順要塞ハ敵カ天嶮ニ加工シテ金湯トナシタル所ナリ其攻略ノ容易ナラサル素ヨリ怪ムニ足ラス朕深ク汝等ノ労苦ヲ察シ日夜軫念ニ堪ヘス然レトモ今ヤ陸海軍ノ情況ハ旅順攻略ノ機ヲ緩フスルヲ得サルモノアリ是時ニ當リ第三軍総攻撃ノ擧アルヲ聞キその時機ヲ得タルヲ喜ヒ成功ヲ望ム情甚タ切ナリ汝等将卒夫レ自愛努力セヨ

嗚呼、吾人の微躯は惜しむに足らぬ、願う所は成功である。自愛努力せよとの綸言、将卒誰か感泣せざるものがあろう。全軍の士気これが為に振い、意気衝天の概があった。予はこの成功の責任を一身に引き受くる乃木軍司令官の心事を思うて、語るに言葉がなかった。

一三　爾霊山攻撃（一）

旅順第三回総攻撃は今や始めらるることとなった。これより先、露国太平洋第二艦隊（注・バルチック艦隊）は、露国の運命を双肩に担うて十月十六日リバウ軍港を出発し、今や既に亜弗利加《アフリカ》の西岸を南下して、東洋に向かわんとしている。この場合に當りて旅順にして陥落せざらんか、海軍は日夜の封鎖勤務の為め力を専らにして新来の敵に當る能わず、傷を古びたる艦隊の修理をもなさで新鋭の敵に當らねばならぬことのみならず、敗残とはいえ旅順にはなお幾隻かの艨艟《もうどう》（注・軍船、いくさぶね）が潜んで、或いは腹背敵を受くることとなるかも知れぬ。かくしてもし我が海軍の制海権にして彼の奪う所とならんか、後方輸送の道はここに絶え、満洲軍の生命は直ちに危殆に陥り勝敗直ちに処を替うるやも知れぬのである。ここに於いて乎軍はひたすら旅順の攻陥を急ぎ勝敗を一挙に決する一大壮挙に出ずべく、種々計画する所があった。その事実に現れたる第一の計画は、松樹山砲台を突破し、旅順要塞を両断するの目的を以って行われた白襷隊の突撃である。白襷隊の突撃失敗に終わるや、遂に最後の手段として世界の視聴を聳動《しょうどう》したる爾霊山攻撃は行われた。蓋し爾霊山高地は旅順口内の全部を通視し得る重要位置にして、これにして一たび我が手に帰せんか、他の堡塁は風を望んで我に降るべくその攻撃に死力を尽したのもまた当然である。

二十二日、軍の特別予備隊（白襷隊）の内命あり、連隊にてもこれが協議をなし、大隊長には勇敢なる中原少佐その選に当たり、二個中隊を選抜して少佐指揮の下に二十五日夜、水師営南方堡塁に至り、中村少将の指揮を受くることとなった。白襷隊とは夜間目標の為白襷を使用したるにより起れる名である。

当時第三軍の多くは補充兵で、戦闘の経験ある者少なく甚だ心細い有様であったのに対し、敵は南山以来幾回となく、戦場を往来した精兵で一騎当千とも言うべきであった。かかる精兵が天嶮に拠って我を迎うることとて、我が兵如何に忠勇の念は充ち充ちたりとは言え、経験少なき新来の兵、左右なく敵をたいらげることは固より困難であった。

攻撃部署は定められた。我が第一師団は当時右翼隊（後備歩兵第一旅団）中央隊（歩兵第一旅団即ち予の連隊と第十五連隊）左翼隊（歩兵第二旅団）の三に区分せられてあったが、爾霊山の攻撃に任ずるものはこれより先、爾霊山西南角に向かい対壕を進めつつあった後備旅団と我が連隊とで、我が連隊は同時に赤坂山をも攻撃する任務を有していた。

二十五日午後十時、連隊より選抜せられた二中隊の白襷隊は海鼠山の麓に集合し、連隊長は勅語を捧読して告別の辞を述ぶ。一同颯々たる寒風の中に起立して、悲痛なる連隊長告示終わるや、決死の

写真②　旅順二〇三高地ノ景

勇士、一語なく、暫くは寂然として静まり返っていたが、やがて足音静かに闇中に消えた。

明くれば二十六日午前十一時、連隊本部は海鼠山頂に移り砲撃の成果を視察すると共に、爾霊山に向かう対壕を益々進むることとし、一意作業を督励した。この夜こそは白襷隊が松樹山補備砲台に突入する筈の晩、右翼隊の三里橋北方高地に進む時であったから、予は日没後山下に宿して、両隊の成否を心配していると、電話は頻々として種々の命令を伝え、予は電話口に立ち詰めであったが、或いは左翼隊の攻撃を援助せよといい、或いは前面の敵を牽制せよといい、何が何やら処置に苦しむ程であったので恐らく白襷隊の失敗の為であろうと思っていた処、果して推察に違わず、同隊は全く失敗して第一回の計画は画餅に帰したのであった。

白襷隊は予定の如く松樹山下に進んで突撃を行ったがそ

の突撃は全く失敗に帰し、累々たる死屍を松樹山補備砲台の斜面に遺棄して退却した。後に帰還せる倉島大尉の言によれば、隊は殆ど全滅の惨状に陥り、全く死者を収容する能わず、酸鼻を極めたという。旅順開城後ステッセル将軍の言によれば、白襷隊の夜襲も真っ先に進んだ一将校の様に勇敢なるものばかりであったならば必ず成功したであろうとの評であったが、この真っ先に進んだ将校こそは我が連隊から出た加藤少尉であった。少尉はこの時この夜襲の尖兵長として、日本刀を振りかざし先頭に立って敵の胸墻《きょうしょう》を越え、其処に仆れたのであった。予が連隊の同期生はここに於いて九人の中僅かに一人を剰すのみとなった。小野寺・福松の二少尉先ず肖金山の斥候戦に斃れ、南山に於いて二名、高崎山に於いて一名の負傷を出し、古田・加藤の二少尉も遂に斃れた。残るものは是永氏〈現姓・梅津〉(注・名は美治郎、終戦時の参謀総長)と予のみである。

二十七日払暁、中央隊より報告が来た、曰く

軍ノ特別予備隊ハ松樹山補備堡塁ニ突入スルヲ得ズ左翼隊ノ三里橋北方高地攻撃モ未ダその目的ヲ達セズ軍ハ本日払暁ヨリ略昨日ト同様ニ攻撃ヲ開始スル予定ナリ

十一時更に左の要旨の命令は来た、曰く

一、軍ハ今ヨリ二〇三高地及ビ寺児溝ニ亙ル線ヲ攻撃セントス

二、寺田連隊（我ガ連隊）ハ午後六時ヲ期シテ右翼隊ト共ニ爾霊山ヲ、一部ヲ以テ赤坂山ヲ攻撃

スベシ

嗚呼、今や何れの方面も盡く不成功に終わった。残るものは爾霊山、赤坂山の攻撃である。全軍の望みはこの一点に係っている。この一戦に死するを得ばこれ実に武士の本懐ではないか。所詮死すべき命である。この戦に投げ出したいとは誰しも願っていた。

午後一時頃から、展盤溝に据えつけた我が二十八珊《サンチ》榴弾砲は爾霊山・赤坂山に向い砲撃を開始した。海鼠山頂と爾霊山頂の距離は約五百米突、赤坂山とは二三百米突であるから、その破裂の光景は手に取る如く見えるのであった。巨弾の砲口を出ずるや、二三分間にして敵の頭上に落下する。その轟々として空を切る摩擦音は如何に敵の心胆を寒からしめたことであろう。その将に落下せんとするや、黒線の如く姿を認め得るはさすがに二十八珊の巨弾である。もしそれ敵塁に爆発するに当たっては、数丈に余る円錐形の火炎を噴き、岩石を破砕して百米突位まで飛散せしめる。当たり所がよければ掩蓋内に火災を生じ、敵兵を吹き上げる様、実に壮快であった。

午後二時、旅団命令下る。即ち歩兵第十五連隊の二中隊を以って海鼠山を守備せしめ、わが連隊は全部を挙げて爾霊山及び赤坂山を攻撃するのであった。爾霊山攻撃は沼野大尉第三大隊を率いて之に当たり、赤坂山は富澤少佐第二大隊を率いて攻撃すべく、連隊予備としては枝吉少佐の率ゆる第一大隊を残し、準備全く成って驚天動地の大活劇は今や目睫の間に迫って来た。

一四　爾霊山攻撃（二）

朔風うら寒く征衣を吹いて、黄昏の色漸く天地を籠めはじめた十一月二十七日の午後六時、正に所定の突撃時機である。後備連隊と突撃時機の打合せをなし、時計を合わせる為に派遣した特務曹長の未だ帰らざるに旅団本部よりは頻々として突撃を促して来る。そこで我等は特務曹長の帰還を待つに由なく、午後六時三十分爾霊山及び赤坂山両攻撃隊に突撃を命じた。両隊共先ず各二中隊を突撃せしめ、その成功を待って他の予備隊をしてこれを支援せしむる計画であった。両突撃隊は一挙にして山を攀じ登り、沼野大隊は爾霊山の鉄條網を破り、第二大隊は赤坂山中腹散兵壕の一部を占領したのは、午後七時五分であった。時しも暗夜のこととて、勇敢なる突撃の有様は見えないけれども、彼我相投ずる爆弾の破裂は閃々として暗中に輝き、其状凄愴を極め、見る者をして手に汗を握らしめた。

しかも、我が軍のこの成功は真の一時に過ぎなかった。敵の陣地は厳重なる鉄條網を設備せることとて、これを攻むるには全部の鉄條網を切断するがごときは、到底不可能のことであるから、我が軍は損害を受くること少なき場所十米突位を破壊しておき、この間隙より突撃することとて、細長き敵の散兵壕を盡く占領するが如きは容易のことではない。でやはり一時占領したる敵塁の一部に集まり軍容を整えて更に突進しようとした。この時両側の敵は一斉に猛烈なる射撃を我が兵に浴びせかけ、爆弾を投じ、面を向くべき様もない。忽ちにして散兵壕は死骸の山を築き、あわや占領したる陣地も直ちに敵手に取戻されんとするので、我が大隊予備隊の全部は猛然続いて突入したが、敵の射撃は少しもひるまず、進む程のものは盡く斃れ、隊長沼野大尉は敵の三十七密《ミリ》砲の全弾を受けて頭部を粉砕せられ、幹部は全滅し、大隊は過半滅びて、伏屍累々、もはや進むべき手段がない。かくて空しく多大の損害を受けて撃退せられ、鉄條網下の岩石の下に退き攻撃準備陣地を構成して夜を徹した。赤坂山攻撃隊も亦同じく多大の損害を受け、大隊長傷つき、将校多く戦死し、遂に占領したる陣地を放棄するに至った。

ここにおいてか連隊は予備隊たる第一大隊の二中隊を赤坂山に増加し、他の中隊を以って爾霊山に増加し、更に突撃を行おうとしたが、事既に遅れたれば、一先ず対壕頭に止め、明朝砲撃の効果を待って更に突撃することに決し、連隊本部は爾霊山麓に移り、払暁を待つこととした。対壕を見れば幅員僅かに一米突余に過ぎぬ狭い道は、死傷者運搬の為全く通行し得ず、後から後から限りなく運ばれてくる死傷者の有様は何れも酸鼻を極めている。最も惜しむべきは沼野大尉の戦死である。大尉は温厚にして君子の風あり、予の如きは大尉の一語を発したるを聞かぬ位寡言の人であった。この夜は遂に一睡もせず早くも日の出となった。

明くれば二十八日、天は陰晴定まりなく、例によって強風砂塵を揚げ、寒暖計は摂氏零点下八度を示している。午前八時、高崎連隊の二中隊を予の連隊長の指揮下に属し、同時に突撃を実行すべき命令が下った。未だ砲撃さえ開始せられざるに突撃するとは随分無謀である。その奏功せざるや言わずして明らかである。そこで其旨を上申したるも用いられない。催促せらるること数回に及んだ。連隊長は既に深く決する所あるものの如く、最後に伝令に来た旅団副官を叱咤し「命令を待たず、好機あらば突撃すべしと復命せよ」と言い放ったまま、呆れたる副官に目もかけず、直ちに爾霊山突撃陣地に赴いた。

予は連隊旗手の戦闘に於ける任務として、軍旗を捧持するのみならず、戦闘経過の時刻を記載するの大任がある。故に予は常に一時たりとも連隊長の傍を離るることが出来ぬ。而して絶えず、軍旗を捧持しているのは不便であるから、軍旗は旗護兵を附して突撃陣地の後方に置き、予は副官を務むるのであった。当時連隊副官は赤坂山方面の視察を務め連隊長は爾霊山戦況の視察に当たりたる故、予は同時に臨時の副官を務めなければならぬのであった。

午前八時二十分、連隊長は予に意中を告げて言うよう

「何れ突撃しなくてはならぬ、今から軍旗と共に突撃しよう、速やかに軍旗を捧持して来たれ」

と。軍旗と連隊長のみ突撃してどうしよう、予は大いに驚いたが、信仰深き連隊長のことなれば、止

めたとて止むものではないと思い、直ちに軍旗の位置に立ち戻り、旗護兵に向い、「今から連隊長と共に突撃するに決した。汝等は速やかに武装を軽くせよ。予もし斃れたならば軍旗を後方に投げ送り、空しく敵手に委するな、又予等の死体は放棄しておいて宜しい」と言い放った。かく言い放った時の予の心はさながら光風霽月《せいげつ》の観があった。ああ、今やわれ我が義務を盡し終わり、死ぬべき時は来た。妄執なく邪念なく五体空に帰して復何者をも止めざるの時は、目前に来た。予は生きながらにして既に涅槃の境に住する如く、心に残る一点の塵もない。

準備既に成り、従卒と僅かの旗護兵とを従えて、いざや直ちに死地に乗り込み、屍を陣頭に曝そうと連隊長の位置を指して行った。至れば連隊長は既に突撃陣地を乗り越え二三俵積み上げた土嚢の陰に身を寄せ例の軍刀を抜いて予を招くものの如く、「旗手、旗手」と呼んだ。その声が何時ものような快音ならずして低声であるから驚いて馳せ至ると、その周囲には敵の機銃弾雨の如く落下している。連隊長は依然低声で

「やられた」

という。さてはと思って馳せ寄り、抱き起こそうとしたが軍刀が危険だから納めてくれと請うたが聞かれず、これがある為に自分は死なぬのだと例の信仰動かすべくもあらぬ故、遂に意を決し、旗護兵を踏台としてその背に乗り、俄然連隊長の襟を掴んで対壕内に引き入れた。この際ゆるゆる抱下ろし

てなどいたら、二人とも此処で撃ち殺されるの外はないのである。直ちに軍刀を以って衣服を破り、半身を点検すれば敵弾は胸部及び左手を貫通し、重傷である。すぐさま副官及び旅団長に報告すると、旅団長先ず馳せ来り、慰めて

「寺田、大丈夫だぞ」

という。連隊長は顔色蒼ざめ、傷面を眺めつつ

「成功を見ずして戦場を去るのは残念だ」

とこれ戦場に於ける最後の言葉であった。嗚呼、鬼中佐の名全軍に轟きし猛将、数回の戦い常に利あらず部下の勇士相継いで斃れ、遂に軍旗を奉じて単身敵中に入らんとし地形を察んとして対壕頭に立てる間に遂に敵弾の為に斃る。その無念やいかばかりであったろう。中佐は直ちに内地に還送されたが遂に赤十字病院にて不帰の客となった。

連隊長傷つく、ここに於いて枝吉少佐、連隊長代理となり指揮を行うこととなった。かくて八時の突撃は実行する能わず、正午を期して更に突撃を行うこととなった。高崎連隊の二中隊をば爾霊山突撃陣地に招致し、正午この二中隊を以って突撃せしめんとし、先ず敵塁に突入すべき決死隊を募ったが、悲しい哉、最早自ら進んでこの決死隊に出ようというものがない。そこで仕方がないから勇敢なる兵卒だと認定し得るものを指名してこれに参加せしむるのであった。対壕を離るること尺寸なれば

即ち死である。國の為、君の為に捧げたる身体なれば死は固より覚悟している。けれども成功覚束ない死は心細いではないか、幾多の戦友は突撃した。そして盡く敵の弾丸に斃れた。而してその為に攻撃がどれほど進捗したろう。この身を弾に代えて鉄と火の中に突入するのである。勝利は果して何時の時に期すべきぞ。指名されたる彼等は軽装しつつ、死んだなら之を何処へ送ってくれよなどと仔細に戦友に頼んで出発していく。後に残ったもの一人として暗涙を催さざるものはない。

時刻は来た。前へ！の号令は掛った。彼等は驀然突撃陣地を突出して躍進した。待ちあぐんだ敵は御参なれと計り、小銃機関銃の力を尽して弾丸の雨を注ぎかけた。前後左右に彼等は斃れた。中腹に達せざる間に彼等は全滅してしまった。一人もなくなってしまった。

ああ、惨劇！虐殺以上の惨劇！爾霊山対壕頭より、敵の鉄條網切断部に至る数十米突《メートル》の地面は瞬時にして一面我が兵の死体を以って蔽われ、尺寸の地も余さざるに至った。負傷して辛うじて帰ろうとし途中にて撃ち殺さるるものもある、人皆正視するに忍びず、眼を掩うて戦慄した。ああこれ人間の世界ではない。眼に見ゆるものは血と火である。

偶々負傷して帰った二三人のものは、先に戦友に依頼しておいた遺物を受取り喜んで還るのであった。死ねぬと言って嘆じ、死にたいと願うのは真の惨絶なる戦を知らぬ間のことである。死のうと思っても死に切れるものか。死んだとて何になろう。死ぬに死なれぬとはこの場のことである。今や戦死は花々しいものではない。さりとて生きていても仕方がない。負傷は彼等の最大の幸福である。

一五　爾霊山攻撃（三）

嗚呼、爾霊山は遂に難攻不落であるか。されども旅順を落とさんとせば爾霊山を奪わなければならない。成否は只天に在り、一人たりとも人間のある限りは爾霊山に向って突撃せねばならぬ。

午後零時三十分、総突撃の命令の下に、高崎連隊の一中隊は突撃した。彼等は伏屍を乗り越え、弾雨を潜って突進し、山の中腹に潜伏していた吾が第三大隊の生残兵若干と協力して、幸いにも敵の散兵壕に肉薄したが、敵弾は雨の如く降り注ぎ、胸壁は高くして攀ずるの道なく辛くも胸壁の陰に身を寄せて弾を避けるのであった。

同時に高崎連隊の一中隊を赤坂山に増加し、午後四時に至っては軍旗守備の予備隊たる我が三中隊も爾霊山に増加さるるに至った。予は連隊副官及び栗原大尉と共に対壕頭で飲み残りの葡萄酒を酌み、別離の杯を挙げた。既にして第三中隊も突撃した。その惨状は述ぶるの要がない。

今や我が連隊は全部爾霊山及び赤坂山に増加され、軍旗の下には一部隊もなくなってしまったので、数日前から対壕作業を担任していた近衛工兵小隊の生残者二十六名を招いて軍旗護衛の任に当らしめた。これ実に我が連隊の軍旗の歴史ありて以来初めてのことであろう。連隊長代理の手下にあるものは唯この軍旗と二十六名の工兵があるのみだ。

午後五時、新来第七師団に属する第二十六連隊の一大隊は我が連隊の指揮下に入ることとなった。即ち直ちに二中隊を爾霊山に、他の二中隊を赤坂山に増加した。新来の兵を得て我が軍の士気漸く振い、午後八時には辛くも山顛敵塁の左半部を占領するに至ったので、連隊本部も爾霊山頂に移ることとなったが、敵の逆襲は必ずや猛烈を極むるであろうと思われたので、旅団長の命令あるまで、軍旗は突撃陣地に止まるべきを命ぜられた。

思えば予は全く無用の人足となったのである。かりそめにも一将校たる予は徒手して戦闘を傍観しなければならぬ。もし又予は連隊旗手であるからほとんど全滅した連隊で一人生き残ったなどいわれるのも業腹である。斯く考えてとつおいつ思案に苦しんでいる時しも、旅団副官の声が聞こえて爾霊山に登って行く様子である。暗夜の事とてその姿は見えず、旅団司令部盡く前進するものと早合点し、欣喜雀躍、直ちに工兵隊を率いて、我が砲火の為に火災を起こし、盛んに火を吹きつつある敵の掩蓋を目標として前進したが、未だ占領せられざる右半部の堡塁より、頻りに側射を加え、危険極まりなく、一進一退漸く中腹に達した。途中我が死者に躓いて倒れようとすること幾回なるかを知らず、殊に誤って重傷者を踏む時、足下に悲鳴の起こるを聞き、驚いて飛び退く度に気の毒でたまらない。彼等は敵弾の来たらざる様な所を択んで集合し、「軍医殿は来ないか、軍医殿」と人の通過する度に叫喚するのであった。死者は葬られず傷者は癒されず、戦闘は刻々に酷烈となって来る。山腹に達した時には護衛の工兵さえ軍旗を離れて、容易に達しないものが多い。やがて集まるを待って連隊本部を捜索せしめたが、遂に知ることが出来ぬので、止むなく此処にて夜を徹することとした。

爾霊山頂では我が連隊は敵前防御工事に慣れているので山頂の防御工事に任じ、歩兵第二十六連隊の二中隊は到着したばかりであるから中腹敵塁の線に在って万一の敵襲に備え、両翼を警戒していた。午後十時頃、軍旗に離れた工兵一名我等の場所に来り、前進中軍旗を見失い、小隊長とも離れたので致し方なく旅団司令部に至りこの旨を報告したところ、旅団長は大いに驚き今夜は幾回の夜襲があるかも知れぬ故、軍旗は直に旅団司令部に返納せよと怒気を含んで申されたという。予は初めて旅団司令部の尚山麓に在ったことを知り、甚だ驚いたが、尚命令に従う決心が出来ぬ。今や連隊は全滅せんとしている。予一人何の面目を以って生存することが出来よう、のみならず予一人生残してこの全滅に近き連隊を如何にして整理しよう。予は彼を考え、之を思い決心することが出来なかった。万一この軍旗を敵手に委したならばと思い及んで、万感交々至り、熱涙滂沱として禁ずる能わず、轉た我が武運の拙きを泣いた。さてあるべきにあらねば予は遂に心を決し、直ちに旗護兵を率いて疾風の如く山麓に下ったが途中壕中に墜落し、重傷者を踏みて仆れ膝関節を捻挫した。幸いにも他には死傷者なく漸く旅団司令部に行き着いて軍旗を預け、再び黒白も分かぬ暗を手探って突撃陣地に立ち帰り、山頂より帰還する負傷兵を捉えては戦況を聞くことに努めた。

突如「ウラア、ウラア」の逆襲の声物凄く起こって闇に聳ゆる山顛には銃火閃々として輝き、負傷者は頻々として下りて来る。彼等に戦況を問えば連隊長代理枝吉少佐戦死し、副官亦斃ると。時に連隊本部の書記負傷して還り来たったので、直ちに戦況を問えば将校は盡く戦死し連隊副官の死体を負うて山を下ろうとした書記福田軍曹も亦途中で戦死したと、次に一補充兵来り、連隊副官の手牒と陸軍大学卒業徽章とを予に渡した。悲しむべし、今や連隊本部は只予一人のみとなった。赤坂山の状況を聞けばこれ亦不結果で、一名の幹部員も残らぬ。

この夜は闇夜に加うるに、幹部の将校一人も残らず死し、諸連隊混合の兵が、勝手の分らぬ敵塁を守ったこととて単に彼我の殺傷のみならず、味方の同士打ちも少なくなかったので、死傷者の多かったのも無理はない。旅団はかくて全く攻撃力を失し、一時攻撃を中止するの外《ほか》道なきに至った。予は連隊整理を命ぜられて、対壕に止まり、通行する兵を検したが、遂に僅々十二名を集め得たるのみであった。

かくて予は兎に角海鼠山麓の旧連隊本部に事務を執ることとし、至れば中には高崎連隊の本部が休憩中で、同連隊の旗手たる、予が士官学校当時寝室を同じゅうせし親友笠原少尉は今や睡眠中であった。予は立寄って彼を揺すり起こすと彼は驚き目さめて戦況は如何だと聞くが、予も眠くて口を動かす勇気がない。少尉は腹が減ったろうと牛肉の缶詰を出して予に与えた。予はこれを見て急に空腹を感じ、瞬く中にこれを食べ尽くし、話は明日にして今夜は寝ようと時計を見れば最早午前四時半である。驚いて寝床に入り一枚の毛布を二人で被ったが、二昼夜眠らなかった身の疲労一時に出て、他愛もなく華胥《かしょ》の国に行ってしまった。

一六　爾霊山陥落す

一眠りしたと思って目を覚ますと、最早時計は十時を指している。洗面しようと思って立ち出ずると、気が緩んだものか、昨夜捻挫した膝が痛んで、歩行に困難を感ずる。

嗚呼、我が連隊は今や全滅に帰した。南山以来幾回かの戦闘に、忠勇なる我が連隊将卒の碧血は半島の上に惜しげもなく注がれて、幾回かの補充兵も後より後よりと死んでいった。そこで旗護兵を派遣して海鼠山上の幕舎監視兵及び白襷隊の帰還者、下痢夜盲にて攻撃に参加せざりしものを集めると漸く僅々百名を得た。将校の死傷を調査すれば、この日知り得ただけで戦死確認者十八、生死不明三、負傷二十八である。生残《せいざん》の兵を以って中隊とし、白襷隊の帰還者倉島大尉は微傷であったから隊長の任に当った。この夜、旅団命令で予の連隊から第七師団援助の為爆薬投下をなすべく一中隊を出すべき旨を命ぜられた。しかも連隊は僅かに一中隊の半数にも充たぬ人員を剰すのみである。予は足痛を忍んで司令部に至り、語気荒くその不法を訴え、遂に出来るだけの兵を出すこととし、特務曹長を中隊長として三十人を一小隊とせる中隊を出した。翌三十日、赤坂山の生還者が帰ったが、将校にして残れるもの予備中尉子安氏及び廣田少尉のみである。

爾霊山攻撃は遂に第七師団の担任となった。空しき肉弾は日毎に投ぜられ、惨劇は依然爾霊山を中心に繰り返された。しかも一箇月以上に亙る激烈なる攻撃と、新鋭なる七師団の数昼夜に亘れる苦戦とは、流石頑強のロスキーをも辟易せしめたのか遂に敵をして、この金城を捨てしめ、爾霊山及び赤坂山の絶顛には十二月五日の暁七時頃、仰ぐもなつかしき旭旗が翻った。ああ爾霊山は落ちたのである。乃木司令官の詩に曰く

爾霊山嶮豈難攀　　男子功名期克難
鉄血覆山山形改　　万人斉仰爾霊山

この詩や実に爾霊山戦死者の好引導である。

ここに暫く戦死者に就いて語ることにしよう。連隊長代理として戦死した枝吉少佐は予と同時に出征して各所に転戦し、八月頃よりは重き脚気を押して陣中に止まり、不日中佐に任ぜらるる筈であったのに、爾霊山の逆襲に於いて敵の鉄條網の上に仰臥して斃れたのであった。故に死体も漸く五日に至って収容したのである。

連隊副官大尉山崎久雄氏は、陸軍大学卒業の俊才で、剛直人に下らず、智仁勇兼備の士と称せられていた。第一回上陸以来の人で南山戦後連隊副官となり、寺田中佐を補助したること甚だ多かった。鉢巻山攻撃の際は氏自ら抜剣して兵卒を指揮し、為にその着せるマンテルに二十有余の砲弾破片貫通孔を受くるに至った。爾霊山上では負傷せる栗原大尉と協力して防御に努めたが、栗原大尉又も重傷を負うに至り、将校は僅かに副官一人となって諸隊混合の兵を指揮していた。そのうちに遂に前額に小銃弾を受けて斃れた。平生その恩義に感じていた書記二名は死体を敵手に委ねじと二人でこれを運び下ろうとしたが、敵襲益々急にして一名は死し、一名は負傷し幸い一負傷兵の認むる所となって対壕頭まで運ばれた。以って平常如何に兵卒に厚かったかを知ることが出来る。惜しむべし大尉も亦爾霊山戦後は直ちに参謀に栄転せらるる筈であった。大尉は常に大学校同窓の多くは参謀と成るを見、旅順では参謀よりも連隊副官の方が忠義が出来ると自ら慰めておられたのであった。

次に感ずべきは特務曹長鈴木丑之助氏の忠勇である。氏は選抜せられて白襷隊の一人となり、還り来るや赤坂山の苦戦を聞き、直ちに自己の中隊に加わり、名誉の戦死を遂げた。

最後に旗護兵たる一等卒水野信造氏の壮烈鬼神をも泣かしめた美談を語ろう。二十八日、第十五連隊の一中隊を爾霊山に突撃せしむる時、山腹に在る我が第三大隊の生存者にこれと協力するの命を送ろうとした。然るに当時白昼のことではあり、突撃するものは一兵と雖も無事なものはないので、この伝令に当ろうというものがない。この時一等卒は悠然として意を決し、必ず任務を全うすべきを誓い、直ちに軽装して弾丸雨飛の中を驀然に進み、無事に目的を達すると同時に、更にその隊と共に突撃して敵塁を陥れ、遂に夜間に至った。然るに大逆襲の来る前、手擲爆弾が欠乏したので、彼は進んでこれを旅団に報告したるに、旅団にても之を運搬すべき兵卒がない。そこで彼は自ら一箱を持って爾霊山に登ったが、大逆襲の際敵弾に当たって斃れた。後に彼の死体を検したるに、身に数弾を被り、その負える軍旗の覆いには十余個所の弾痕あり傷口より出た血は凝固して其上に付いていた。この覆いは今尚歩兵第一連隊紀念物中に在る筈である。艱難を意とせざるものは英雄である。彼の如きは真に日本魂を具体化したる英雄ではないか。

一七　攻撃後の情況

明くれば十二月六日、寒風去来し、朔風利刃の如く、激戦の後の天地は惨として声を潜めている。午前十一時、敵の軍使来り爾霊山附近一部の休戦を為し、相互に死体を収容しようと請い、我亦これに応じた。

予は膝関節の捻挫も漸く痛みが薄らいで来たので、激戦の跡を見ようと爾霊山に登った。何たる惨状！散兵壕附近の戦死者は爆薬の為め焼かれて全く裸体となり、或いは砲弾に粉砕せられて形を失い、首なきあり、手なきあり、下体盡く砕け去れるあり、面部を焼かれたる者、剣尖相刺して共に斃れたる者、千態万状筆紙の尽くすべきに非ず、殆ど呆れ果つるの外はない。殊に憐れを覚えしめたのは、敵味方、互いに包帯し合うて斃れたものである。互いに格闘して戦闘力を失うに至り、互いに包帯して共に死す、ああ、これ人の至情ではないか。

次に吾人を驚嘆せしめたのは敵塁の工事である。敵は小口一尺位の丸太を以って柱とし、鉄道レールを横材とし、鉄板を以って覆い、其上に積土して、一米突以上とし、中に弾薬庫あり、寝室あり、殆ど地下鉄道に入るの観がある。而して銃眼は盡く方形の鉄板を以って覆い、鉄板の中心に銃を出して上下左右の照準をなし得るだけの十字形の孔を穿ち、ここから我を射撃するのであった。我が軍の小銃射撃の如き、無効であったのは当然である。

予は更に山顛に至り、初めて旅順新市街より全港内を見渡した。敵艦隊眼下に在り、いうべからざる壮快を感じた。

漸く左に転じて赤坂山に至れば、此処はまた爾霊山より一層激しい爆薬戦を演じたものと見え裸体の死者殊に多く、焼けたる衣服は灰となって強風の為め飛散し、眼を開くことも出来ない。

八日、我が軍は爾霊山上に観測所を設け、敵艦を射撃して戦闘艦四、巡洋艦二を撃沈した。この日また予は爾霊山及び赤坂山で戦死した大尉八名の死体を火葬した。第三連隊より僧侶なる軍曹を招き読経せしむれば、軍曹は軍服の上に半袈裟を掛け、消えゆく夕日の名残の光を浴びて寂しき声音に国の為斃れたる勇士の後世を弔い、八名の残骸は刻一刻と白煙になって消え去るのであった。さしも彼等を悩まして遂に陣頭に戦死せしめたる頑強の敵も遂に我に抗し得ず、爾霊山赤坂山の嶮共に陥り、旅順の敵は刻々に圧迫を受けつつあるを見て、彼等の在天の霊は如何に満足したことであろう。尚両山の戦死者にして、遂にその姓名を知るに由なきもの三十余名を算したが、これら無名の戦死こそは実に国の為め君の為め真に其身を塵挨よりも軽んじた勇士ではないか。

十六日、新連隊長生田目中佐着任せられ、又補充として、中尉以下四百一名到着した。寂寞たる我が連隊にこの人員の補充せられたのは何よりも喜ばしいことであった。十九日は我が連隊の軍旗御親授紀念日とて、前日より海鼠山麓に宴会場を設け、午前十時、兵卒の作った花火三発を山上にて打ち上げ、同時に一同山麓畑地に整列して分列式を行うた。午前十一時三十分より将校は宴会場に入った。来賓としては師団よりは参謀長、旅団よりは馬場少将、高崎連隊を代表して某大尉来会せられ、連隊よりは相当官を合し特務曹長以上総計二十三名であった。余興として義太夫・浪花節・手踊・越後獅子・太神楽などあり、中々盛況である。思えば昨はこの世ながらの地獄に出入し、上官皆失われ、友逝き、部下亦概ねこの世を去った中に一人生き残ってこの盛事を見る。有為転変は世のならいとはいいながら多少の感慨無きをえない。

時は最早厳冬に入ることとて、防寒設備を完全にせん為め、師団司令部の構造は理想的なれば見学して来よとの命令を受け、二十二日予は高崎山に至り師団副官にこの旨を告げると、副官は師団長室がもっとも能く出来ているからと予を導いて案内せられた。予は王家屯以来常に第一線に在ったこととて、師団長に面謁すること殆ど稀であったが、この日は久しぶりで対顔し、親しく巻煙草などを取りて予に与えられ、種々な会話をも交わした。驚いたのは師団長以下の、急に白髪が多くなられたことである。言葉に尽くせぬ心配、左もあることであろう。予は閣下にこの旨を語ると、閣下は頭を撫でて大笑し、そして曰く、

「知らぬ間に年も暮れるではないか」
予もこの言葉に依って初めて年の暮の来たことに気付いた。『山中暦日なし』という言葉があるが、『戦中暦日なし』である。予は一句を捻り出した。

白髯を撫して将軍冬籠

将軍に見せると「白髯とは情ないな」と笑われる。予は予の任務たる居室の構造を研究し始めると、全く横に穴を掘り、入口には明り障子を用い、すこぶる温暖である。暫くにして予は司令部を辞した。思いきや、これが将軍との最後の別れになろうとは。将軍は月余にして北進の後頓死せられたのである。連隊に帰還してから予は次の通りに報告した。

『師団の如き材料なければ第一線部隊の真似得る所に非ず』

二十八日午前十時を期し、第九師団は二龍山を爆破することとなった。当日はこの壮観を見んものと双眼鏡を手にし、海鼠山に至り見物していると、果して大爆烟山頂に起り、我が攻城砲はこの山頂に全射弾を集中し、午後に至って全く占領することを得た。爾霊山一たび落ちてより、我が軍は順潮に掉さす舟の如く、日毎に好成績を挙げてゆく。敵艦隊も今では全く滅びてしまったので、最早非常に攻撃を急ぐ必要はなくなった。我が連隊は補充兵の到着してよりは赤坂山左側より椅子山に向い対壕作業を進めていたが、その計画は来年の四月頃までかかるので旅順は何時陥落するやらなどと兵卒

写真③　旅順水師営ニ於クル乃木、ステツセル両将軍ノ会見所紀念碑

は悠長に語り合うのであった。十二月三十一日には、我が左翼第二連隊が松樹山を爆破する筈なので、例の如く海鼠山より眺めると午前十時頃、凄まじき爆発起こり、硝煙全く山を覆い、通視することが出来ぬ。その後の報告によると十時三十分には全くこれを占領し、野砲及び機関銃の鹵獲山の如く捕虜亦少なからぬとのことであった。捕虜の言によれば敵は全く日数を一日間違え、この日を以って日本の元日とし、多分攻撃もなかろうと油断していた所を突然爆破されたので土塊に埋められて死したる者、幾十人なるを知らずという。この夜は多幸なるべき新年を迎えんとて、徹宵盃を挙げ、明くれば（注・明治）三十八年の元旦、将校は連隊本部に集合し、祝賀の宴を張った。この日第七師団及び九師団の勝報来り陣中は益々活気立った。

一八　旅順開城

一月二日、空は鮮やかな日本晴れで白雲僅かに去来し、朗かな日光は冬のものとも思われぬ。これまで毎日の様に聞いていた彼我の砲声が、不思議にも今日は聞えぬので殊更《ことさら》心が静まるのであった。松樹山占領の詳報が来る。我が軍の死傷は百五十名で、敵の投降は百六十、また百四十名は爆発の為土中に埋没したという。午後二時頃、予は連隊長に従い第一線に巡視に出たところ、各歩哨から敵の砲台に白旗がたてられたという報告が頻々として来る。露兵が武器を捨てて我が陣地に遊びに来るというものもある。余りに不思議の現象なので、連隊長は予に命じ、旅団に赴き情況を確かめてこいという。予は直ちに馳せて旅団司令部に至れば、副官は心地よさそうに、

「旅順も落ちたよ」

予は嬉しいという心も起こらぬ。何を言っているのかと半信半疑で言わるるままに命令を筆記した。

一、目下水師営ニ於テ開城談判成立シツツアルヲ以テ敵ノ投降者ハ一応彼ノ陣地ニ帰還セシムベシ

　但シ極力投降ヲ希望スル者ハ此限ニアラズ

二、本夜ハ従来ノ警戒ヲ維持シ特ニ敵情ニ注意スベシ

予は直ちに馳せ来ってこの旨を報じたが、誰もまだ半信半疑で頭を曲げるばかりである。午後六時再び命令が下った。その要旨は、

一、本日午後四時四十分彼我ノ談判終了シ、其結果爾今戦闘行為ハ中止セラル。但シ警戒ハ現在ノ線ニ在リテ続行スベシ

二、敵ガ軍艦倉庫等ヲ焼却スル時ハ之ヲ以テ談判破裂ト看做ス

三、敵砲台受領委員ハ豊島少将トス。又臨時各隊ヨリ受領部隊ヲ派遣スルヲ以テ、其準備ヲナシアルベシ

夢か、現か、我も人もこの命令を読んで只呆然としてしまった。兵卒たちは早や欣喜雀躍、海鼠山上に登って旅順を望み、気早の者共は椅子山まで遊びに行き、露兵に酒を御馳走されたとて得々として帰って来るのもある。嗚呼、旅順は落ちたのか、夢ではないか。予等は余りに突飛に驚いて、まだ目の覚め切らぬ様な心地をしながら、わけもなく祝盃を重ねるのであった。この夜は嬉しさの余りに皆胸が躍って眠ることが出来ない。顧みて来し方を思えば、万感交々胸に至り、思わず涙さえ催した。

明けて三日、連隊長は砲台受領委員となり、副官と共に旅順に行く。予は開城までに至る連隊の死傷者を調査し旅団に提出する筈であったが、第二大隊より開城祝賀会を開く故来いと招かれたので、

こは面白しと直ちに行った。酒酣《たけなわ》なるに及んで余興が始まる。面白かったのは慰問袋から出た手拭を縫い合わせて和服を造り、茶番狂言をやったのであった。誰を見ても、ただもう喜色満面である。殊更南山以来の戦いに僅かに生き残っている者達は、ただ不思議という感じを抱いているのであった。この日満洲軍総司令官から次の電報が来た。

「熱誠ト歓喜トヲ以テ貴軍任務ノ達成ヲ祝シ、長日間貴軍将卒ノ勇敢不撓ナル戦闘動作ヲ感賞ス」

又、師団よりは左の電報が来た。

「一日午後四時三十分敵ノ軍使水師営ニ来リ其提出セル全文左如シ

全文

旅順口　　千九百四年十二月　　二千五百四十五号

貴下

交戦地全般ノ形勢ヲ通察スルニ今後ニ於ケル旅順口ノ抵抗ハ不明ナリ因テ無益ニ人命ヲ損セザル為メ余ハ開城ニツキ談判センコトヲ望ム若シ閣下之ニ同意セラルルニ於テハ開城ノ條件順序ヲ討議スル為メ委員ヲ指命シ並ニ予ノ委員ガ該委員ト会合スベキ場所ヲ選定セラレン事ヲ望ム

予ハ此機会ヲ利用シ予ノ敬意ヲ表ス

旅順攻囲軍司令官男爵乃木希典閣下

ステッセル将軍

我軍司令官閣下ノ回答左ノ如シ

全文

千九百五年一月二日　　旅順攻囲軍司令部ニ於テ

貴下

予ハ茲ニ開城ノ條件及順序ニ就キ談判セントスル閣下ノ提議ニ同意スルノ光栄ヲ有ス之ガ為メ予ハ攻囲軍参謀長伊知地幸介ヲ委員ニ指命シ尚之ニ若干名ノ参謀及文官ヲ随行セシム、彼等ハ本日即チ千九百五年一月二日ノ正午ニ水師営ニ於テ貴軍ノ委員ニ会合スベシ双方ノ委員ハ調印ノ批准ヲ待タズシテ直ニ効力ヲ生ズル開城規約ニ署名スルノ全権ヲ有ス可ク其全権委任状ハ双方最上級指揮官ノ署名シタルモノニシテ互ニ交換スベシ予ハこの機会ヲ利用シテ敬意ヲ表ス

旅順口攻囲軍男爵　　乃木希典

関東要塞地司令官ステッセル将軍閣下

電報（一月二日午前十時三十分東京発　一月二日午前十一時十五分着）

将軍ステッセルヨリ開城ノ提議ヲナシ来リタル件伏奏シタル処　陛下ニハ将官ステッセルガ祖国ノ為メニ尽セシ功ヲ嘉ミシ給ヒ武士ノ名誉ヲ保タシムベキ事ヲ望マセラル

右謹デ伝達ス
談判結了後軍司令官ヨリ参謀総長並ニ満洲軍司令官ニ左ノ如ク報告セリ
彼我全権委員ハ本日午後四時三十分ヲ以テその談判ヲ終リ彼ハ大体ニ於テ我提出セル条件ノ下ニ開城ヲ諾セリ目下本調印中ナレドモ両委員決定ノ上談判結了ト同時ニ両軍戦闘行為ヲ停止シ茲ニ当方面ノ戦局ヲ結ブニ至リシハ偏ニ　大元帥陛下ノ御稜威ト我艦隊ノ熱心ナル協力及我将校下士卒ノ忠勇ニ頼レルモノト確信ス

翌五日、開城規約は出来上がった。かくして半歳の久しきに亙れる旅順の攻囲は終りを告げることになったのである。ここにその全文を掲げることにしよう。

開城規約

一、旅順要塞及該港ニ在ル露国ノ陸海軍人及義勇兵並官吏ハ総テ之ヲ俘虜トス
二、旅順口ニ於ケル全堡塁砲台艦艇兵器弾薬馬匹其他一切ノ軍用諸材料官有諸物件ハ現状ノ儘之ヲ日本軍ニ引渡スモノトス
三、前二條ヲ承諾スルニ於テハ其担保トシテ来ル一月三日正午迄ニ椅子山大小案子山及其東南ノ一

帯ノ高地上ニ在ル堡塁砲台ノ守備ヲ撤シテ日本軍ニ交付スベシ

四、露国陸海軍ニ於テ本規約調印ノ当時現存セル第二條ノ物件ヲ破壊其他ノ方法ニテ現状ヲ変更スルトキハ談判ヲ廃止シ日本軍ハ自由行動ヲ取ルベシ

五、在旅順口露国陸海軍官憲ハ旅順要塞配備図、地雷水雷其他危険物敷設図及在旅順口陸海軍編制表陸海軍将校官職等級氏名簿文官職氏名簿普通人民ノ男女ノ人種職業員数表ヲ調製シ日本軍ニ交付スベシ

六、兵器（各人携帯兵器ヲ含ム）弾薬諸材料官金官有諸物件（私有物ヲ除ク）ハ盡ク之ヲ現在ノ位置ニ整置スベシ其受領ノ方法ニ関シテハ両軍ノ委員ニテ協議スルモノトス

七、日本軍ハ露軍ノ勇敢ナル動作ヲ名誉トスル故ニ露国陸海軍ノ将校及所属官吏ニ帯剣及直接生活ニ必要ナル私有物ノ携帯ヲ許ス前記ノ将校官吏及義勇兵ニシテ又本戦役ノ終局ニ至ルマデ武器ヲ取ラズ如何ナル方法ニ於テモ日本軍ノ利益ニ反対スル行為ヲナサザルコトヲ筆記宣誓スルモノハ本国ニ帰還ヲ承諾ス陸海軍将校ニハ各人ニ一名宛従卒ヲ従行セシムルコトヲ許ス此従卒ハ特ニ宣誓解放ヲナス

八、武装ヲ解除シタル陸海軍下士卒及義勇兵ハ其制服ヲ着用シ携帯天幕及所要ノ私有物ヲ携ヘ所属将校ノ指揮ヲ以テ日本軍ノ支持スル集合地ニ至ルベシ

九、旅順口ニ在ル露国陸海軍衛生部員及経理部員及病院ハ傷病者及俘虜ノ救護給養ノ為メ日本軍ニ於テ必要ト認ムル時期迄日本軍ノ衛生部員及経理部員ノ指揮ノ下ニ残留シ勤務ニ服スベシ

十、普通人民ノ処置市ノ行政会社事務及之ニ関スル書類引継ギ其他本規約執行ニ関スル細則ハ本規約附録ニ於テ規定ス同附録ハ本規約ト同一ノ効力ヲ有ス

十一、本規約ハ日露両軍ニ於テ各一通ヲ製シ調印時ヨリ直ニ効力ヲ有ス

一九　入城と別離

一月六日、外防御線攻撃以来の連隊戦死者を悉く海鼠山の中腹に埋葬するに決し、各中隊毎に一団とし大なる墓標を立て、別に各人に小なる墓を立てた。

八日は一天心地よく晴れ、気候も温かい。予は停滞していた事務も漸く整頓したので、一生の思い出に旅順市街なりと見物したいものだと思い、連隊副官の乗馬を借り受けて、先ず爾霊山と赤坂山の鞍部を越え旅順新市街に入った。驚くべきは櫛比《しっぴ》せる大廈《たいか》高楼、全く欧風の街路をなし満洲の一角にかかる壮麗なる市街ありとは不思議に思わるる位である。馬を走らせて黄金山下に至り、徒歩して山上に至れば、爾霊山巓は白雲に蔽われその勇姿も認められない。俯して港口を望めば我が閉塞船の二

隻は檣を打折られ僅かにその船体を認め得らるるのであった。更に港内を見れば敵艦は彼方此方に半ば傾き或は沈没して、檣のみを出し惨憺たる有様。嗚呼、閉塞隊の勇士今こそは地下に満足の笑みを浮かべていることであろう。

予は時刻の迫れるため旧市街を見る能わず、帰路に就いたが、途中非常に渇を覚えたので、とある露国紳商の家に入り水を求めたるに、彼は予を応接室に招じ入れ葡萄酒などを出して饗応した。彼は予に向い「何語を話すのか」と聞くので予は「独逸語を僅かに解す」と答えたところ彼は頗る喜んで流暢の弁を以って語り出したが、予にはどうも分らない。仕方なしに筆談をしてどうやらこうやら話が分かったがどうも面倒である。この家には多数の支那人を使役しているので支那語なら独逸語よりは話し好かろうと思い、土人から聞き覚えの覚束ない支那語を語ると主人は「何処で支那語を習ったか」と聞く。「苦力から習った」と答えると彼は可笑しそうに大笑した。予は我ながら語学の出来ざるを恥じざるを得なかった。別るるに臨み主人は予に贈るに陶器製の露国少女を以ってした。予は爾後語学を学ぶ毎に、この少女を以って我が怠惰を鞭撻した。

九日もよい日本晴れである。午前十時から各大隊を集合し旅順陥落に関して賜った勅語及令旨捧読式を挙げた。謹んでここに掲げる。

勅語

旅順ハ極東ニ於ケル水陸ノ重鎮ナリ第三軍及連合艦隊ハ協同戮力久シク寒暑ヲ冒シ苦難ヲ凌キ勇戦奮闘克クその鉄塁ヲ奪取シ堅艦ヲ殲滅シ敵ヲシテ遂ニ城ヲ開キ降ヲ乞ウニ至ラシム

朕深ク汝将卒ノ克ク其重任ヲ全ウシ偉大ノ功績ヲ奏シタルヲ嘉ミス

皇后陛下ノ令旨

我第三軍並ニ連合艦隊ハ水陸協戮旅順ヲ従囲スルコト数閲月激戦幾百回堅ヲ破リ鋭ヲ摧キ辛酸壮烈防備無二ノ天嶮ヲ冒シ頑抗不屈ノ勁敵ヲ殲シ遂ニ彼ヲシテ城ヲ開キ降ヲ乞ウニ至ラシメタル趣皇后陛下ノ懿聞ニ達シ我将校下士卒ノ忠誠義勇克ク偉大ノ功勲ヲ奏シタルヲ深ク御感賞アラセラル

皇太子殿下ノ令旨

勇敢無比勇烈不撓ノ攻撃ニヨリテ旅順要塞ノ鉄塁ヲ破リ堅艦ヲ摧キ遂ニ敵将ヲシテ城ヲ開キ降ヲ乞ウニ至ラシメタル第三軍ノ偉大ナル奏功ヲ歎賞ス

顧みれば幾日月の間、旅順の苦戦は如何に陛下の大御心を悩まし奉ったであろう。今やここに我等の肩に繋れる責任は成し遂げられ忝い綸言に接す。我等は感極まって言葉もなかった。翌十日は奉天に向い北進すべき準備として武装検査を行い、十一日には満洲軍総司令官より左の感状を授与された。

昨年六月下旬以来旅順要塞ノ敵ニ対シ長日月間堅忍不撓以テ堅ヲ破リ強ヲ摧キ遂ニ本年一月二日敵ヲシテ力屈シ開城ノ止ムヲ得ザルニ至ラシメ茲ニ旅順攻城ノ目的ヲ達シ有終ノ光輝ヲ掲グ依テ感状ヲ附与ス

満洲軍総司令官侯爵　大山　巌

十三日は愈々旅順入場式の日である。各連隊より一中隊を出し、これに軍旗を護衛せしめて入城するのであった。午前九時、諸隊は皆白玉山北麓に集合し、我が連隊を先頭として師団毎に連隊番号順序に行軍し、行進喇叭の音勇ましく名誉ある軍旗を静かな朝風になびかせて漸次旅順市街に入り、右折して新市街に向かった。支那人は皆路傍に整列し日章旗を打ち振って我等を迎える。朝に平氏を送り、夕に源氏を迎うる彼等の心亦憐れむべきではないか。露軍の傷病兵にして未だ病院にある者、亦我等の入城の壮観を見るべく来たが、予の捧げたる軍旗の全く破れて殆ど旗の形を留めないのを見て、感歎の念に耐えざるものの如く、互いに指示しては頷き合っている。知らず露軍中この如き幾戦役を経過せる軍旗ありやなどと思いつつ予は意気揚々、得意満面であった。新市街の出口で行軍隊形のまま軍司令官の閲兵があって全く式を終わった。半歳の久しき要塞戦でついぞ行軍したことがなかった為め、僅か四里の行軍であったけれども、なかなか疲れた。

十四日は水師営北方高地で戦死者の追弔法会が行われた。各連隊は昨日と同じく軍旗及び一中隊を代参せしめた。天も心有ってか、この日は昨日にかわり非常な濃霧が半島の山々を籠め、漸く晴るると思えば寒風習々として吹き荒び、ことさら人の心を惨ましむるのであった。祭主たる乃木軍司令官は徐々として碑前に歩を移し、祭文を朗読される。其声一高一低、満場寂として声なく、時に「嗚呼悲しい哉」の一節高く耳朶に徹し、諸隊皆悄然として泣く。

十九日は愈々旅順に別れて北進の途に上ることとなったので、予は十八日の夜、陣没せし諸戦友に最後の別れを告ぐべく本部を出でて山腹なる我が戦死者の墓地へと急いだ。この夜月皎々《こうこう》として四辺を照らし、天地闃寂《げきせき》として聞ゆるものはただ夜風の嘯く声のみである。予は先ず第六中隊墓地なる木村軍曹の墓前に額づいた。軍曹は実に先の予の小隊の最古参者で又最も勇敢な模範下士であったが選ばれて白襷隊に加わり、遂に名誉の戦死を遂げたのである。予は墓前に立って告ぐるよう、

『卿は予の小隊戦死者中の最古参者なり、宜しく予に代わりて予の誠意の存する所を戦死の諸友に告げよ。今や予は諸君の霊と暫し訣別せざるべからざるに至れり、今や死生異なりと雖も、予亦北進の後は諸君の後を追わざるべからず、南北処を異にするも死は一なり、唯一誠誓って国難

に殉ぜん。諸君暫く予を待たれよ。』

言い終って涕泣これを久しゅうした。遂に辞して加藤・古田二同期生の墓に告別し、転じて連隊戦死者共同碑の前に至り、再拝して告ぐるよう、

『旗下に命を捧げし諸友の英霊よ、諸君の霊を繋ぐ軍旗は今や北進せんとす、希くは英魂永くこの軍旗を守護せんことを』

言い終って低徊去るに忍びず、回顧すれば墓地の中には彼方に一人、此方に一人予と同じように低徊している黒い影がある。仰げば月は天心に懸ってこの寂しき下界の有様を照らす。感慨俯仰《ふぎょう》去らんとして去り得ざるもの多時過雁《かがん》の一声に驚かされて山を辞した。

翌十九日午前十一時、第三中隊を軍旗中隊となし、住み馴れた海鼠山下を出発して北征の途に上った。三軍の将士粛として物言わず、また仰視するものがない。

二〇　北征行軍

一月十九日、住み馴れし海鼠山下を発ち出でて北征の途に上った我等は、水師営に出で、金州旅順街道を出でて北進し、于大山、泥河子等に当時快戦の跡を偲び、午後三時、土城子に舎営した。この

夜は初めて塩秋刀魚の御馳走で舌鼓を打ち、二合の米も思わず食べ尽くしてしまった。毛布が着しないので、防寒外套とマンテルを被って寝たが露営とは異なり、人家に寝ることとて余り寒さを感ぜず、足踏み延ばして寝ることが出来た。

二十日午前九時、土城子を出発し、双台溝・営城子を過ぎた。前革鎮堡に着いたのは日の早や西山に落ちた午後七時四十分、連隊本部の宿舎に宛てられた家は、元の第一師団長伏見宮貞愛親王殿下の御起居あそばされた所であった。室は窓一つで狭くるしく、竹の園生のやんごとなき御身を以ってかかる穢き所にあの炎暑を堪えさせ給うたことぞと恐懼に耐えぬ。

二十一日は金州に着、二十二日午前八時、南山に面して山麓に集合し、南山戦死者に対して告別の礼を行うた。『国の鎮め』の譜、泣くが如く訴うるが如く、将士皆頭を垂れて感慨に沈んだ。思えば今日こそは愈々旅順方面戦死者との告別を終り、満洲平野に足を進めるのである。南山も後に見て進みつつ、予はなお肖金山を仰ぎ見て追憶に耽るのであった。肖金山は即ち我が連隊第一の戦死者たる山田大尉及び予が成城学校以来の同期生たる小野寺少尉の霊を止めたところである。小野寺少尉の戦死の当時を述べようならば、少尉の小隊は此処で大部隊の敵兵に包囲せられ、死体さえも収容することの出来ぬものが沢山あったほど苦戦したのであった。少尉は成城学校卒業後、神奈川県橘樹郡二子村付近の小学校に教鞭を取り、自活して士官候補生に入ったのであったが、この学校に於けるわずか一年の間の薫陶に、全く生徒の愛敬を一身に集め見習士官に任ぜらるるや生徒一同から軍刀一振を寄贈せられたほどで、これを見ても如何に温厚篤実の人であったかを知ることが出来る。惜しい哉、戦闘の序幕をも見ずして早くも敵弾に斃れ、英霊長《とこしえ》えに、天に帰せんとは！

金州半島の山々も次第に遠ざかり、漸く南満洲の平野に出ずれば、北風は利刃の如くに我等を襲って来る。午後七時、亮甲店《りょうこうてん》兵站部に達す。兵站司令官末長少佐は自ら東奔西走予等の便利を図り、且つ支那人を指揮して道路の修理までなし置かれしは真に感謝の外はない。それのみならず旅順開城の慰労として予等に赤飯及び麦酒《ビール》まで寄贈せられた。奉天に至るまでこの様な歓待を受けたことは嘗て無い。のみならず所に依っては随分とひどい待遇を受け、憤慨したこともある。「旅は道連れ世は情」という諺通り、今夜は染々《しみじみ》と人の情けの有難さを感じずにはいられなかった。

この夜滑稽だったのは、兵站部より贈られた麦酒が氷りついて飲むことが出来ないので、数本を並べ火鉢の縁に置いて溶かし始めたところ、連隊副官は「少しく事務があるから溶けたら先ず飲み給え」と言い置いて出て行った。予は遠慮なく、その瓶この瓶と溶け次第に独酌で飲んだが、その美味一通りでない。思わず半ばを尽くしてしまった。ところへ事務を終わった副官が来り、飲み始めた時には全部溶解していたが、一口飲むと副官は異様な顔をし、

「この麦酒は全然水だ。少しも麦酒の味がしない。」

という。予はほろ酔い機嫌で、

「こんな美味い麦酒はないのになあ。」

と言いつつ、一口試してみると、なるほどまるで水である。

「どうも不思議だ！　先刻飲んだ時は実に美味かったが。」

と頭を捻って暫く考えた末、やっと思い当たったのは、アルコールは先に溶けて水は後で溶けるのだ。予は先に飲んだから、麦酒の精を飲んだので、その一通りならず美味かったのも当然である、と思い付いて二人呵々大笑した。


明くる二十三日午前九時出発、空は一面灰色に曇り、北風は折々雪を交え、寒烈言うべからず、水筒は全く氷結して栓は抜けず、膨張して破裂せんばかりになっている。昼飯を食べようとすれば飯も亦氷結してさながら雪を握るよう、飯の味は少しもない。午後一時、普蘭店に着し、その北方なる劉家店に宿った。明日は一日滞在休憩のこととて、脚絆を脱ぎ、家に上がり、床を暖めてゆっくり眠った心地えも言われぬ。床は土製で釜の下で火を焚けば床下に通じ、何時までも暖かく中々気持が良い。

二十四日は一同終日睡眠を取った。長途の行軍には必ず四日目に一回の休憩を与えらるることになっているが、この四日目毎の休憩日に何よりの慰藉は昼寝である。何故そう眠いかというと、毎日宿舎に着くのは午後七時頃で、それから兵站部より糧食の分配を受け、夕食を終るのは十時頃である。朝は九時の出発であるが、兵卒は常にそれよりも三時間位前に起きて毛布を梱包し、出発準備をしなければならず、外に風紀衛兵の勤務もあるので、なかなか睡眠が足らぬのである。

この日は滞在中を利用して連隊本部に各大隊長を集めて会議を開き、将来行軍中の弁当は米飯を捨てて、氷結の憂えなき重焼麵麭を用うることにした。

この晩は余りに寒かったので、火鉢まで使って室を暖めて寝たが、夜半連隊長は「アッ」と奇声を発して室を出ると外に仆れ人事不省となり、之に驚いて外に出た副官も亦卒倒した。予はこの騒動に驚いて目を覚まし、直ぐに伝令に命じて二人の面上に水を吹き掛けさせた処、幸いに漸く蘇生したが、顔色はまだ真っ青である。暫くして軍医が来り診察の結果、炭酸瓦斯《ガス》の中毒と知れたが、予一人無事であったのは急に外気に触れなかったからだとのことであった。この晩また或る兵卒の宿舎では支那人の阿片喫煙室に寝た兵士が二人卒倒した。支那の民家は防寒には至極よく出来ているが、空気の流通は甚だ不良である。

明くる二十五日は午前八時半出発。鬚髯《しゅぜん》凍りて銀針の如く朔風は平野を吹き捲って黄塵を揚げ、面を向くることもならない。幸いに行程僅か五里ばかりで、午後四時南瓦房店に着した。明くる日は降雪霏々《ひひ》として愈々雪中行軍となった。行軍五里半、第二軍の前古未曾有の大勝を博した得利寺に着いた。ここは山地のこととて宿舎も稀に、連隊は二里以上に亙って宿泊するのであった。

　得利寺附近は、海抜四百米突内外の山蜿々として相連なり、南方は少しく平野がある上、東、北の両面は羊腸たる山道、北瓦房店に及び、それから初めて一望千里の満洲平原となるので、かかる地勢に於ける遭遇戦であるから敗者の退却は非常に困難なるべく、当時露軍の死傷多大なりしも亦故なきに非ずである。

　明くる二十七日はこの嵯峨たる山道、谷の底を繞《めぐ》り廻って五里半の道を辿り瓦房店へと向かった。満洲には珍しき山道の旅、また多少の風情なきでもない。この日予の穿《うが》っていた仏蘭西革の靴は凍結して亀裂を生じてしまった。暖国の靴はやはり寒国には向かぬと見える。二十八日には熊岳城に着、明くる二十九日は滞在して骨休めをし、三十日蓋平に着いた。わが連隊は十年前蓋平攻撃に任じた歴史があるので、兵站司令官は独断で城内に我等を宿営せしめた。憐れむべき交戦地の民は、我等を十年前のお友達と思い、日章旗を打振りつつ盛んに歓迎してくれたには流石一滴の涙無きを得なかった。連隊本部の宿った家は日清の役、大山軍司令官の永《なが》の滞在せられた家だという話で、非常なる財産家と見え、邸宅の結構、庭園の華麗目を驚かすものがある。この夜寒暖計は摂氏零点下二十度を示し寒さ膚に徹した。情報あり、曰く、
　一、我左翼黒溝台ニ来襲セシ約四個師団ノ敵ハ今朝之ヲ渾河右岸ニ撃退セリ

と。この黒溝台の戦闘は、日露戦役に於いても重視すべき戦闘である。戦役を通じ露軍の我に向い攻勢を取って来たのは唯この一戦あるのみで、その結果は終に不成功に終わったが、戦略上より見たる価値は実に偉大なものがある。即ち敵は我が旅順を引上げた第三軍の未だ着せざるに先だち、我が左翼を突破して後方鉄道線の破壊を行おうと図ったものらしく、当時日本軍は兵力が不足で、多くは第一線にのみ使用し、露軍の様に強力なる予備隊を控えていなかった。されば優勢なる敵の我が左翼に向い驀然《ばくぜん》圧迫し来るや我軍は頗る恐慌を来し、窮余の策として第一線の一部を引き抜き黒溝台に応援せしむる如き奇策に出でたので、第一線の兵力は頗る薄弱となったのである。この時露軍にして咄嗟の間に猛然として全線の活動を始めたならば、我が軍の混乱狼狽はどの位であったろう。少しく戦術を解するものより見れば真に手に汗を握らざるを得ない。幸いにもこの時、敵の将帥間に意見の衝突があり、攻撃急に出でなかったので、この無理な策戦もうまい具合に奏功した。しかしこの一戦の為に我が払った犠牲も亦少なくなかった。

三十一日は大石橋、二月一日は海城、二日鞍山店、三日は滞在、四日漸く沙河に着き、ここに全く北進を終わった。沙河からは更に西に進んで満洲軍の最左翼に位置し、敵と対峙することとなり、遼陽の西約六里の黄泥窩《こうでいか》に滞在した。この地で紀元節を迎えたが、戦地のこととて、別になすこともなく、ただ遥かに故郷の空を仰いで懐を遣るばかりである。

これから二十六日までは、太子河を渡って小北河付近に移り、専ら連隊教練と精神教育に日を送るのであった。当時兵卒の多くは三箇月の教育を受けて直ぐに戦地に来た補充兵のみで、三年兵は数える程しかなかった故、その武技は未熟であり、その精神教育は未だ至らず、寒心に堪えぬものがあったのである。それでもこの滞在の中に約四百名程の補充兵が着し、どうやらこうやら連隊の形を成すことが出来るようになった。

聖上陛下には、畏くもわが満洲軍遠征の労苦を深く大御心にかけさせ給い、侍従武官長を遣わして慰問せしめ給うた上、菓子・煙草・葡萄酒を御下賜になった。十七日恩賜のビスケット及び岩おこしを分配になったが、予は次の戦闘にて食物の不足を告ぐる折もやと、軍用行李内に入れて保存した。翌十八日、陛下より旅団長に御下賜になった煙草、葡萄酒等を連隊長に分配されたとて、予も更に連隊長より葉巻二本の分配を受けた。この葉巻は奉天会戦の折喫すべしと、行李内に格納して保存した。当時侍従武官長より、陛下の大御心に就いて細々と洩れ承ったが、予の拙筆もとよりその万一をも述ぶることは出来ない。ただ将校皆感涙に咽《むせ》ばざる者なかりしことを述ぶるに止めよう。

滞在中の生活は、予に在りては随分と呑気なものであった。幕舎生活とは違って宿舎のこと故、起居にも便であり食物も左程不自由を感じない。折々は支那人が贈物を持って来ることもある。散歩をしたり読書したりする閑もある。それでもまだ退屈な時には歌を作ったり文章を綴ったりして楽しむ。やがてその中には奉天戦、この世の飯も長くは食えぬと思えば、後の遺物に類した様なものが知らず知らず筆端から出るのも哀れである。

二一　奉天会戦（一）

二十六日は終日降雪霏々《ひひ》として積むこと七八寸、望めど涯なき満洲の平野はただ見渡す限りの銀世界となった。この夜、総攻撃前進の命令下る。即ち満洲軍は二十八日から奉天を攻撃することに決し、之が為め我が第三軍は敵の右側背を脅威するの任務を帯び奉天の西北に大迂回をなすのである。出発準備は急遽整えられた。各人一枚の毛布及び毛皮胴着を捨包し、兵站部に格納を託し、防寒外套一枚で出発するのである。明くれば二十七日午後四時、愈々宿営地を出た。昨日から降り続いた雪は、積んで脛を埋め、乾坤《けんこん》寂として音なき中を雪明りに道をもとめつつ師団集合地たる大烟角《だいえんかく》に向かう。既にして渾河の畔に達すれば河水は全く氷結して川の面を吹き来る風はさながら利き刀の如く雪は尚霏々として暫しも降り止まぬ。『風蕭々兮易水寒　壮士一去復不還』などいう言葉を思い浮かべつつ氷上を渡り、更に進んで午前九時漸く集合地に達したが雪が深いから腰を休めることも出来ず背嚢を負うたまま、がたがたと震えつつ立往生をしていたのであった。

やがて、集合地を出発して北進すれば、膚を裂く如き北風は正面から吹き付け、眼瞼《まぶた》も凍りつかんばかり、糧食は凍結して食うこと能わず、見渡す限り白皚々《はくがいがい》の平野は一鳥の飛ぶものもない。『今夜不知何処宿　平沙万里絶人烟』とは真に詩人の空想ではない。軍は第九師団を右翼とし、第七師団を中央とし、我が師団を左翼として進むので、我が師団は実に満洲軍の最左翼に位置しているのである。一日の雪中行軍も済んで、天地漸く暗黒ならんとするの頃、六間房に着きここに露営した。

明くれば二十八日、空は名残なく晴れ渡り日光はあたたかく地を照らして、積雪に輝く様得も言われぬ眺めである。午前六時、露営地を発して前進して行くと午前七時頃突然砲声大いに起り、巨弾我が軍の前後左右に落下しその一弾の如きは忽ちにして七人の死傷を生じた。こは敵の騎砲兵がゆくりなくここで我と遭遇したので我が砲兵は直にこれを撃退せんものと砲列を布《し》けば、機敏なる敵は直に逃走した。蓋し当時日本軍にはこの軽捷なる騎砲兵の編制がなかったので、敵は我に先んじて砲列を布き、先ず我に一撃を与え我が準備の成るに先だちさっさと退却したので、残念ながら指をくわえて見ているの外はない。実に忌々しいことであった。この日は終日この白銀の世界を粛々と進んで、日全く暮れた頃、凌角泡《りょうかくほう》なる村落に着し、ここに露営した。いざ寝ようとしたが明日の進路に関する命令の下らぬ為め寝ることが出来ぬ。聞けば師団司令部間の野戦電信線が敵の為めに切断せられたので、この夜遂に命令下らず空しく夜を明かしてしまい、翌三月一日午前五時漸くのことで次の師団命令が下った。

一、軍ハ本日四方台ノ敵ヲ攻撃セントス

二、第一第七師団ハ頼家堡子及大橋ノ線ニ進出セントス

三、背嚢ハ所要ノ人員ニ附シ現宿営地ニ置キ、後兵站部ニ格納セシムベシ

今や背嚢を脱して軽装となった。加うるに昨日までは遼河に沿うて北進したのであったが、これからは右折して奉天の背後に向かうのである。乾坤一擲両軍の生命を賭すべき一大会戦の今や目睫の間に近づきつつあることは明らかである。我等は勇気全身に満ち、足も軽く午前七時凌角泡を出発した。この日は昨日につづき、空も心地よく晴れ満洲平野にも最早春の呼吸は通うて来たものと見えて膚あたたかき微風がそよそよと吹いている。咽喉が頻りに渇くけれども途中水を得るの便なく渇を忍んで行軍しているのに兵卒の中には如何に小隊長が制止するも到底我慢し切れず、黄塵と混じたる路傍の雪を掬うて食べているものがある。実に不摂生の極であるがそうまでは制し切れない。見ればこれらの兵卒は皆帽子も服も新しい補充兵である。旅順以来の戦塵に汚れた、古服を纏うているものは一人も無い。軍人に最も必要なる修養は困苦に耐え、飢渇を忍ぶの修養である。この修養なき軍人たとえその技術は優秀であり、知識は進歩しておろうとも果して何の効かある。今やかかる烏合の衆に等しい、三箇月教育の補充兵は我が軍の大半を充たしていると考えて予は旗を捧持する手の痺るるを

も覚えなかった。堅実なる気風の養成ということはかくて国民教育上にも最も重んずべきことではあるまいか。

午後六時、破林子《はりんし》に着して露営したが、昨夜命令の待惚《まちぼ》けを食った上に、今夜も亦命令が下らぬのみならず、大行李（糧食駄馬）さえ到着せぬこととて、夕食もできない。空腹を抱えて待つこと多時漸く大行李が着して午前二時夕食と朝食を兼ねて喫飯し一睡りの暇もなく午前四時四十分集合命令が下り、師団本隊の先頭となって拉木河《らっぽくか》に向い前進することとなった。途中で敵の騎兵の大集団に遭遇し直ちに開進（戦闘隊形に近き隊形）して之を攻撃しようとしたが戦うまでもなく敵は退却してしまった。今日は昨日と打って変わった寒さで灰色の空よりは粉雪を降らしている。午後四時、拉木河に着した。兵卒はヤレ嬉しや、今日こそはゆっくり眠って、二晩眠らなかった疲れを休めようと、口々に語り合っている折しも全面に当り砲声大いに起り砲弾は先ず本隊の先頭に落下した。と見れば我が砲兵も亦砲列を布きて猛烈なる砲撃を開始した。

驚くべし、露営ではない、戦闘が始まるのだ。戦闘！戦闘！　壮快なるその銃砲声を聞くと元気直ちに百倍して疲労も何処へやら、皆手に唾し、武者震いしつつ首を延べて前進を待っている。右側隊たりし第十五連隊の方面に盛んなる銃声起ると見る間に師団は逐次開進し、戦闘中最も壮快なる遭遇戦はここに演出せられた。午後六時、我が第二大隊は敵と拉木河の中央にある部落鄧密荒《とうみつこう》を敵に先んじて占領すべく前進し、次いで七時に至り第一大隊は連隊長の指揮の下に同じく同地点に向い、予は第三大隊と共に拉木河に在って夜を徹しようとしている。日既に暮れて敵陣の方に当たり我が砲火の為に、火災大いに起り紅蓮の焔は渦をなして昇り炎々として空を焦がしていたがやがてそれも次第に消え、銃砲声も次第に衰えて、この夜は戦闘隊形の儘夜を徹した。

この夜、敵の投降兵一名あり、その言う所を聞けば敵は今朝になって漸く我が軍の迂回を覚り、急遽奉天を発してこの地に来たので、全く我が軍と同様一向に地理を解していない。後で聞けばこの捕虜は軍楽手で鄧密荒にいた我が軍をば味方と思い違え水を汲もうと思ってのこのこと遣って来たところ、豈に計らんや、四囲皆日本兵を以って充たされているので大いにうろたえ投降したのだった。

明日の快戦やいかにと四辺を警《いまし》めつつとろとろと眠る間もなく午前三時師団命令は下った。

一、師団ハ本日払暁前面ノ敵ヲ攻撃セントス

二、第一線部隊ハ払暁マデニ攻撃準備ヲ整フベシ

三、第三大隊ハ師団予備隊ニ入ルベシ

第三大隊長は直ぐにこの命令を鄧密荒なる連隊長に伝達すべく、某特務曹長の率いる一小隊に命じた（当時は将校全く欠乏し、特務曹長及び曹長の如きは大概小隊長になっていたのである）。しかる

にこの特務曹長甚だ無責任極まる男で、出て行くには行ったが闇夜にして道は見えず、途中で敵の射撃を受け、遂に命令伝達の使命を全うすることの出来なかったのはまだしも、そのまま隊に帰り来たり疲労の余り自己の中隊で休憩していたのであった。これを発見した大隊長は憤慨その極に達し、かかる無責任漢は飽くまで任務を達成せしめなければならぬと、大いに叱責して再び命令を伝達せしめようとした。予はこの時傍にいたが、こんな無責任男にまた伝達を命じて、どんな間違いを生ぜぬものでもないと思い、それにまた一つは、第三大隊は師団予備隊となった故、予は軍旗を奉じて早晩連隊長の許に行かねばならぬとも思ったので自ら命令伝達に従おうと申し出ると、大隊長は大いに喜んで直様予に命令伝達を命じた。予は命令を懐にし、かの特務曹長の率いた小隊を軍旗護衛兵として鄧密荒に向かう途中甚だ苦しい経験を嘗めた。

二二　奉天会戦（二）

拉木河を発したのは午前四時であった。予は昨夜の火災の時、この火光と鄧密荒の右側と、拉木河とが一直線上にあることを認めておいたので、幸いにこの時まだ燃え残りの小屋でもあるのか、僅かに火光の見ゆるまま、道路に依らずこの火光に向い直進すれば必ず我が歩哨線に触れることと判断し、真っ直ぐに前進した。時は黒目も分かぬ暗夜、所は黄砂漠々として道なき野原、これを通過する既に難くないことではない。まして既に敵の射撃を受け目的を達しなかった所である。自信深き予と雖も多少の疑懼《ぎく》なきではない。既にして漸く半途に達する位の時、護衛小隊の下士卒達は、「先に射撃されたのはこの辺だ。左方に方向を換えるがよい」と口々に叫び出した。予はこの場合、徒に彼等の言に迷うべきではないと考え、断固として所信の通り直進したが、兵卒の疑懼は愈々甚だしく、遂には予の周囲にある旗護兵までも「直進せば敵中に陥る」と言う様になった。予と雖も人間である。いかで猜疑心を生ぜざるべき、殊にかかる場合の群集心理というものは強い働きをなすものである。予は甚だ心配に耐えなかった。敵の火光に向い直進するはよしとして、もしその中間に我が歩哨のなかった時には如何しよう、何れ斥候を派遣して捜索しなければならぬ。けれども斯くの如く下士卒の反対あるに於いては彼等はその場合に臨み、敵の射撃を恐れて進んで捜索に任ずるを肯《がえん》じないであろう。所信を断行せんか下士卒の反対がある。彼等の言に随おうか、全く五里霧中に彷徨しなければならぬ。ここに於いて乎予は大いに迷った。けれども、予はこの時ふと心を取り直し捧げたる軍旗を直立して『直進すべくば前に倒れよ、右方に転進すべくば右に倒れよ、左方可ならば左に倒れよ』と祈念しつつ手を放った。旗は直ちに前に倒れた。予の占いは不思議にも予の所信と一致したのである。予は勇躍して、下士卒の言に耳をも傾けずどしどしと暗中を前進した。男子須らく所信を断行すべし、成敗は天に在り、所信を断行し誤って敵中に陥るもこれ命なり、衆言に迷うて一生を誤る男子の恨事これに過ぎたるは無けんと思えば、予は最早一点の迷いもない。周囲の旗護兵も予の所信動かすべからざると見るや、矢張り予を信じてしまい、大いに勇を鼓して前進すると、果して予の所信は誤らなかった。暫く前進すると、突然左方数歩の地で低音に「止れ！」の声が聞こえた。ああこの「止れ！」の一声いかに嬉しく予の脳裏に響いたことであろう。予は天にも昇る心地で徐々《そろそろ》と歩哨の位置に近づき「止れの声余りに低い」と戒めた。すると歩哨は「大声を発すれば直ちに敵の射撃を受ける」という。「射撃は戦場の常ではないか、恐るるに足らぬ」と戒め連隊本部の位置を尋ね、漸くの事で鄧密荒の入口、独立家屋に在る連隊本部に達したのは午前五時であった。

　連隊本部には連隊長の外大隊長も集合し、命令の来るのを待ち倦んで居眠り最中であったが、予が扉を排して入ると皆ムックと起き上った。予は命令伝達の遅れた事情、軍旗を奉じて暗中を模索して来た有様を語ると、連隊長は驚き起ち上がり、予を叱責して「軍旗をば何故にかかる危険地に致したか、甚だ軽挙である」と責めらるるので予は第三大隊の師団予備隊となり、何処へ行くやら分からぬ故、軍旗は連隊長の許にあらねばならぬと弁じ、即ち師団命令を取り出せば、各大隊長は共に且つ読み、且つ怪しみ、異口同音に「連隊副官は！」と聞く。連隊副官はこの夜師団司令部よりの帰途敵の射撃を受け、馬を逸し、矢張り道を失うていたのである。さるにても僅か一小隊の護衛にて、暗中、しかも敵中をよくも無事に到着したものと、一同顔を見合わせて天佑に感じたのであった。

　直ぐに部隊の移動を始めたけれども、この時東天すでに白み渡り、敵は早くも攻撃を始めて銃声益々盛んに起こるので移動半ばにしてその儘戦闘することとなった。この時彼我の距離最も近きは四百米突に過ぎない。六時に至れば彼我の位置全く透視得らるるに至り、猛烈なる射撃は全線に起こって、轟々爆爆、飛弾頻りに頭上を掠め、前面に砂を挙げる。敵は堤防に拠り最も好位置を占めているが、我が軍は鄧密荒の土壁に拠って射撃したけれども、狭小なるため、更に昨夜掘開した散兵壕に亙って散開し、益々猛射を加えた。この時敵は刻一刻に増加してその兵力一旅団を下らざるに至り、我が二個大隊の兵を以ってこれと対抗するのは甚だ困難なるに至った。ここに於いてか我が砲兵陣地よりは盛んに前進し来たる敵兵に向かって猛射を加え、更に第三大隊の増加を師団に要求した。勢急なりと見て取った師団は直ちに第三大隊を急行せしめ、八時二十分鄧密荒に着いて、即時右翼に散開し、益々猛烈なる攻撃を加えた。

　今や戦闘は正に酣となり、殷々たる砲声、爆々たる銃声耳を聾して鳴りはためき、天も崩れんずる壮観。予はこの時軍旗をかの連隊本部に宛てられたる独立家屋内に置いたので、時々出ては戦況を見、入っては軍旗を護るのであったが、この家屋は村落の中央に位置する為め、集束弾雨の中心となり、弾丸は頻々屋壁を貫き、砂塵を挙げて飛鳴するので、家財監視の為め残り留まっていた三十歳前後の士人、その危険に狼狽し「どうしたらよかろう」とおどおどしているので、予は「土間に臥しておれば安全である」と教えたところ、彼は土間に臥したまま大声を挙げて泣いていたのは哀れでもあり、可笑しくもあった。

我が砲撃は益々猛烈を加うるので、流石優勢の敵も耐え切れずに、午前九時半頃先ず左翼より退却を始めた。その退却が思い切りの悪い緩慢な退却の為、我が砲兵の追撃射撃は面白い程効を奏し、敵は益々四分五裂の有様、十時、連隊の第一線猛然突撃に移るや、敵は前線に亙って崩れ立ち、忽ちにして堤防は我が軍の占領するところとなり、痛快なる追撃射撃は愈々敵を混乱せしめた。戦い終るや、殆ど三昼夜碌々眠らなかった将校兵卒は一時に気抜けがしてしまって、立ったままコクリコクリと眠ってしまうのであった。この戦闘に於いて敵の戦場に遺棄した死体は約百を算したが、我が連隊の死傷は意外に多く特務曹長以上十八名、下士以下百二十名に上った。

将校戦死者中、最も惜しかったのは高橋、廣田の二中尉であった。二中尉とも現役で、高橋中尉は会戦前初めて戦地に来たのであったが、勇気勃勃全身に溢れ、いかに痛快なる行動をなすであろうかと人皆期待していたが、早くも初めてのこの一戦に倒れたのであった。廣田中尉は予等と同様、始めより各戦を経過し、我が連隊に於ける四人の幸福者の一人と言われていたが、最後の突撃の際敵弾に当たり魂魄長くこの世を去ってしまった。今や我が連隊に於いて出征以来無事な者は、連隊副官、予安中尉及び予の三名となってしまった。而してこの三名もまた何時何処で欠けることやら分らぬ。

師団は現在の儘《まま》陣地を守備するに決し、連隊は大行李給養をなした。二日から麺麭《パン》のみに依って生きていた予等は漸く蘇生の思いをなした。いつもながら美味いのは米の飯である。ここに戦地に於ける給養法に就き少しく述べんに、戦地にあっては糧食の給養は、

一、携帯糧秣給養（各人各馬ノ携帯セルモノ）

二、大行李糧秣給養（歩兵大隊毎ニ有スル駄馬ノ積載セルモノ）

三、倉庫給養（野戦又ハ兵站倉庫ノ有スルモノ）

の三つに依るので（一）は戦闘の間、他に方法なき時に於いて行い、（二）は行軍間、（三）は永き滞在の間に行うのである。当時各人の携帯口糧分量は、重焼麺麭二日分、精米一日分で、この精米を携帯せしむることはこの戦役に初めて行われたところであるが、便利この上もない。如何となれば行軍が済み、宿営地に着しても、大行李到着前には数時間を要することが多いので、この間空しく到着を待っていずとも各自の携えた精米を炊き、大行李が着けばその米を以って又明日の携帯糧とするのである。この方法を取れば万止むを得ざるの時の外は麺麭を食わずに済む。蓋し麺麭は何人も余り好まぬので、殊に水の少ない地に於いては尚更のことである。

閑話休題、この時連隊長は某大隊の小行李（弾薬器具駄馬）に酒樽の積んであるのを知り、直ぐに

水筒を持たして伝令を走らした。暫く経って伝令は帰り来たり、樽は敵弾に貫通されて大部分を洩らした故、この一瓶にて満足して頂きたいと伝え水筒を差し出した。連隊長は莞爾として栓を抜き、先ず一杯を試み、更に予等に祝杯を勧められた。僅か四合の酒はこの場合千金にも替え難い。予等は直ちに飲み下すも惜しく、暫く口に含んで楽しむのであった。思えば今日は三月の三日、故郷では雛壇の前に白酒の酔いを買う日である。しかも如何なる珍味も予等のこの時の四合の酒に勝るものはない。僅か四合の酒を三人で飲んだのだから、その分量は知れているが、飲み終わるや連日の疲労一時に出て忽ちその場に横臥し鼾声《かんせい》雷の如くであった。

四日午前四時、左の要旨の師団命令が下った。

一、師団ハ本日大石橋（奉天停車場西北方約四五里ノ地）ニ向イ前進セントス

二、その隊（予ノ隊）ハ馬場少将ノ指揮下ニ服シ、前衛タルベシ

三、前衛ハ午前七時鄧密荒北端ヲ発スベシ

この日は非常に寒冷であったので、兵卒は高粱を炊いて暖を取るものが多かったが、それが為め火を失して民家二軒を焼いてしまったのは失敗であった。世に戦場の民ほど憐れなものは無い。午後二時、大石橋に着すれば敵の騎兵は今朝までこの地にあったが、北方に退却したという。更に進んで午

後四時高力屯《こうりょくとん》に着し、村落露営をなし、且つ村落の周囲に防御工事を施した。当時第三軍は旅順以来防御工事に慣れていたので、その神速は人をして舌を巻かしめるほどであった。時に通報あり敵は漸次我が前面に増加するものの如く、且つ工事を為しつつあり、また大平社《たいへいしゃ》、金家窩棚《きんかかたん》、三台子《さんだいし》（共に我が前面約二里）附近には有力なる大部隊あるものの如しと。

この夜、連隊本部の宿泊した家は未だ避難もせず、老若男女皆家に居り避難準備をしながら予等に向って心配げに「戦闘は何時起るか」などと尋ねるのであったが、予等とても断言は出来ぬので「我が隊の居る間は大丈夫であろう」などと慰めていたが、彼等は遂に不幸なる民であった。

翌五日午前六時、茲《ここ》を出発し、三台子西方約一里の造化屯《ぞうかとん》に前進したるに敵情変化の為め再び高力屯に引き返すこととなった。そこで第三大隊を途中、八家子に残し置き、再び高力屯の防御工事を堅固にして敵を待っていると豈に計らんや、午後五時半に至り、今夜中に平羅堡《へいらほ》に転ずべき命を受け、何が何やらさっぱり夢中で、復々《またまた》高力屯を出発するのであった。

二三　奉天会戦（三）

コザック騎兵の精悍は夙《つと》に世に知られているが、実に露軍の騎兵は優越且つ強大である。彼等の乗馬は遥かに我が軍馬に優り、速力に於いても体躯に於いても性質に於いても比較にならぬのみならず彼等は殆ど生まれながらの騎手であって、凡《すべ》てこれ鞍上人無く鞍下馬なきの名手である。かくの如き卓越せる、しかも優勢なる敵の騎兵団に対する我が秋山兵団の苦心や非常なるべく、随って敵情の不明なるもまた当然である。而して敵情不明なれば一々眼前の変化に応じ、臨機応変の処置を取らねばならぬ。故にその命令の下るや極めて突然であって、当時兵卒間にはこれを「飛び出し命令」と称した。命令も飛び出す様に出る。兵卒は飛び出す如き神速な出発を要求される。実に当時我が軍の最も苦しんだのは敵情の不明なることであった。軍馬改良の急務なるこれを以って知るべきであろう。

三月六日午前二時、連隊は第二大隊を高力屯の守備に残し置き、他二大隊を以って平羅堡（奉天西北方約六里）に向った。これより先、地形未知の所で夜間の運動は全く不可能であろうと思われたので、土人を雇って案内をさせることとし、その選択を第一大隊に命じたが、彼等は戦闘の近きにあるを恐れ如何に金銭を出しても之に応じない。是非なく殆ど脅迫的に一人を雇いこれを道案内として出発した。ところが四辺は全く暗黒で方角さえ弁ずるに由なく、且つ遠方を見れば彼方此方に火災が起こって益々視力の迷いを生じ、行くこと未だ中ならずして果して道を失してしまい、数百人の迷子は、同じ所を幾度となく行ったり来たり、さながら昔の話にある狐につままれた様な有様、ところがかの憎むべき土人は好機逸すべからずとなし、我が隊の目を忍んで何処ともなく逃亡してしまった。

さあ愈々大変である。仕方なしに目標と言っては何一つない平野の中を盲滅法に歩いた。こんなことは内地に在ってはとても想像も付かぬことで殊に敵前ではあり提灯を照らし、悠々行軍するような訳には行かぬ。その当惑さ加減と言ったら無いのである。

幸に敵中に踏み込まず午前五時頃漸くにして平羅堡に着き村内に入った。本部の泊った家は大酒造家で、焼酒の補充が充分に出来る。そこで直ぐに水筒一本を傾け、漸く昨日来の労を医することが出来た。

この日、敵の大部隊は高力屯に残しておいた第二大隊に向って攻撃し来たり、砲撃をさえ盛んに加え、非常な苦戦となったが、第七師団の一部と交代して同隊は帰って来た。高力屯で予等の泊っていた家は敵の砲撃を受けて火災を起こし、隣家にまで延焼し、老母の如きは長い煙管を手にしながら門外に仆れていたということであった。彼等は日本軍を信じて留まっていたのであろうが、とうとうこの惨禍に遇ったとは憐れなことではないか。それに又主人を失った幾多の馬及び驢馬は繋がれた儘食を与えるものもないので、ただ啼きに啼きつつ主人を呼んでいたという。これはただこの戦争の裡面の惨禍の極小なる一部の惨禍に過ぎないが、これだけでも既に充分な悲劇ではないか。ああ、避くべきは戦争である。しかも亦避け難きは戦争である。

午後六時、師団命令が下った。その要旨は師団は繞《じょうかい》回運動を中止して、平羅堡附近に集結し、攻撃準備を整えるに在るのであった。予等は初めて師団司令部の作戦の方針を窺うことが出来て、先ず今夜はこの酒店で熟酔し得られるかと大いに喜んでいたところ、中々左様は行かぬ。今夜直ぐに東進して弓匠屯《きゅうしょうとん》を夜襲せよとの命令が下った。予はこの酒店を離れてまた酒を得られなかったらばとの心配があるので、旗護兵、従卒、伝令に尽く焼酒を充たしめた。蓋し酒は戦地に於ける唯一の催眠薬でもあり、防寒具でもある。着のみ着の儘露営をなす際には、寒風膚に徹し如何にしても眠れるものではない。この時焼き付く如き焼酒を仰ぐときは、寒さも何処かへ消え、安々と眠れるのが常である。ここに不思議の現象ともいうべきは、病気を以って内地に後送された将校の十中九までは、酒を嗜まない一事である。実にかかる場合に於いて酒が特別な効能のあることはこれを以って證とすべきである。

午前四時、集合を終わったが、恰も凹地にして残雪あり、加うるに暁明《あかつき》の風膚に寒く身震いを禁じ得ないので早速焼酒を試みつつ、やがて土人の案内者を得て弓匠屯に向い前進し、今度は前夜程道にも迷わず、午前六時弓匠屯に達したが銃声四五発で敵騎は死体一を遺棄したまま逃走してしまった。直ぐにその東方高地を占領するとやがて師団本隊もここに到着し、これから奉天に向い、背面攻撃を行うこととなった。今や予等は大迂回を結了し奉天の北方に在り直ちに南下して敵の背面を衝かんとするのである。

我が連隊は常に戦闘に従事していたため損害非常に多く、連隊とはいえ完全なる大隊程の兵力もなかったので、これより師団最後尾に入り、高崎連隊が前衛として進むことになった。南進して五台子（奉天北陵北方約三里）に至れば我が前衛は敵と衝突して盛んなる戦闘を交え、右翼師団の方面に当っても銃声頻りに起り、初めて総攻撃らしい心地がした。戦闘は終日継続してしかも戦局は発展せず、砲煙弾雨の中に日は暮れて、この夜はここに露営した。右翼第七師団はこの夜、造化屯の敵を夜襲する筈である。飲んでは眠り飲んでは眠って八日の朝を迎え、左の命令を受けた。

一、軍ハ飽クマデ攻撃ノ目的ヲ達セントス

二、師団ハ柳條屯ヲ経テ二台子ニ前進セントトス

七時、露営地を出発して開豁地《かいかつち》（注・眺めのよい場所）を越え、八時、田義屯《でんぎとん》（北陵北方約五千米突）に達すると北陵の敵砲は我に向って火蓋を切り、その砲弾は着々として確実に命中する。直ちに部隊を田義屯内に掩蔽し土壁に身を潜めて砲弾を避けているとやがて後備旅団もこの村落に入り我が軍大いに優勢となった。後備歩兵第一連隊は我が連隊で編制したのであるが、今や彼は人員充実し、現役将校も野戦隊たる我が連隊よりは遥かに多く、丁度本家が寂れて分家が栄えている有様である。

十一時になって次の命令が下った。

一、軍参謀長ヨリノ通報ニ依レバ我ガ第一第四軍方面ノ敵ハ七日夜ヨリ退却ヲ始メタリ

二、師団ハ速カニ楊城屯附近ノ鉄道線路ニ前進セントス
三、前衛（高崎連隊）ハ速カニ三台子ノ敵ヲ駆逐シ、楊城屯ニ近ク鉄道線路ニ向イ前進スベシ
四、左側衛（第二連隊）ハ速カニ楊城屯附近ノ鉄道線路ニ前進スベシ
五、砲兵ハ速カニ砲撃ヲ開始シ之ガ前進ヲ援助スベシ
六、予ハ総予備隊ヲ率キ前衛ト共ニ行進ス

敵が退却を始めたのは何よりも愉快であるが、さてその列車の走るのを見ながら如何することも出来ず見す見す逃がしてしまうのは残念とも何とも言い様がない。遥かに鉄道線路を望めば、一列車、二列車、続々黒煙を噴いて北方指して逃げて行くのである。切歯して口惜しがったけれども及ばない。

北陵に占拠せる敵の砲兵は益々猛烈にその射撃を我等の小村落に集中し遂に部隊を匿す余地なきに至らしめた。人間にして既に遁るることが出来ぬ。長大なる体躯を有する馬はどうして匿すことが出来よう。ただ民家の後に繋いでおくばかりである。敵の榴散弾は頻りに我等の頭上に爆裂して、幾頭となく我等の馬を傷つけ繋がれたまま首を吊るされ、四足をもがいて呻き苦しみ、血に染んで狂い死ぬる様、憐れといおうか、無残といおうか、無智なる畜生だけにその可愛しさも一入である。彼等は戦死しても金鵄勲章を受けない。その遺族が扶助料を受けるわけではない。しかも死すれば土人のた

めにその肉を食われ、或いは野犬、烏の餌となり了るのである。憐れなるは戦死せる軍馬である。

敵は今や極力防御に努めて、能うべきだけ退却に便せねばならぬ。されば各方面とも頑強なる抵抗を継続し、攻撃少しも進捗せぬのみならず、ややもすれば攻守直ちに地を変えんとするので、今や各方面皆苦戦に苦戦を重ねたが、遂に第一及び第四軍前面の敵は我が猛烈を極むる攻撃に得耐《えた》えず、潰乱して退却し、両軍ともこれが追撃に移った。我が師団は鉄道破壊を最急務とし且つ攻撃を迅速にすべき命令を受けた。

予はこの夜はこの地に露営し数日来の疲労の為、一滴の焼酒なくして熟眠した。明けて九日となれば、第十五連隊方面の通報が来た。同連隊は昨夜三台子を攻撃したが、その周壁の一部を占領したのみで、敵と対峙して払暁に至り壁一重を隔てて敵と対し非常なる苦戦をなしているとのことである。更に通報の来るを見れば第四軍は敵を追撃して本日、魚鱗堡《ぎょりんほ》（奉天北方約二里）に進出すべく師団は飽くまで敵を攻撃し、後備歩兵四大隊を以って焼鍋子《しょうかし》（鉄道線路を距る三十米突）を占領せしめ、砲兵は破壊射撃を行うて敵の退却を防止する筈である。

午前六時、我が砲撃は開始されたが後方輸送の続かぬ為め緩漫で歯痒さに耐えない。更に鉄道線路の方向を見れば、敵の軍用列車は悠然として続々退却して行く。今や我が師団はこの退却を要撃しなければならぬのであるが、旅順以来精鋭を尽してしまったこととて前面に控ゆる敵の優勢を如何ともすることが出来ず、心ばかりは矢竹に逸りつつ地団駄踏んで空しく長蛇の逸し去るを見るのであった。

二四　奉天会戦（四）

奉天戦最後の酸鼻の幕は近づいた。三月九日、諸方面の戦局は益々発展するが、我が第三軍の攻撃は中々捗らぬ。敵は三面より圧迫せられて、愈々我が軍の前面に増加してくるのである。昨夜第十五連隊の三台子攻撃を援助すべく我が連隊から第一大隊を派遣したが兵卒の噂によれば今朝、三台子は終に我が軍の有に帰したという。三昼夜の苦戦奮闘ついに敵塁を奪ったのは流石に高崎連隊である。が、さぞかし死傷も甚だしかったろうと、遥かに同隊の上を思いやった。

歩兵第二旅団は文官屯《ぶんかんとん》・柳條屯《りゅうじょうとん》の線に向い後備四大隊は焼鍋子に向い攻撃を加えたが沙河方面より敗退し来たった敵は刻一刻に増加し来たり「窮鼠却って猫を噛む」の勢いを以って頑強に戦い、殊に我が軍の寡勢なるを知って益々力戦したることとて死傷愈々加わり戦機何時開展すべきかを知らぬ。右翼第七師団も亦北陵の敵を攻撃し同じく多大の損害を生じた。今や田義屯は師団司令部及び我が連隊の二大隊と機関銃隊との予備として存するを見るのみでは他は悉く第一線に増加されてしまった。

附近の民家では皆重傷者を収容したが敵の砲弾はこの民家に火災を起こし、傷者を運ぶもの延焼を防ぐもの絡繹《らくえき》として非常な混雑である。

午後一時頃でもあったろう。突然狂風大いに起り、砂礫を巻き上げ天地暗澹《あんたん》として咫尺《しせき》を弁ぜず（注・近くの物も見えないこと）黄塵空を蔽いて白日僅かに光を洩らすのみ、上陸以来嘗て経験したことのない大旋風となって時経《た》てども凪む様子もない。四顧暗澹として戦況も知るに由なくただ茫然としていると、何事ぞ今迄は砲弾のみが我等を脅かしたのであったのに、何処からかしばしば小銃弾が飛来する。我が第一線部隊は如何したのであろう、全滅したのであろうか、撃退せられたのであろうか……。

午後五時頃、敵はこの黄塵漠々たる狂風を利用し、いずれからか我が田義屯に攻撃してきた。敵弾は久しぶりで頻々と民家を貫通する。塵の合間より透かし見れば、その数幾百ということを知らず、ただひた寄せに攻め寄せんず有様である。我が連隊及び機関銃隊は、やわか破らるるものかと直ちに陣地に拠って極力防戦し、盛んに弾丸の雨を降らしたが、やがて敵は再び黄塵の中に没し去った。この日は例の少ない狂風と砂塵の為め、敵も味方も見分けがつかず、随分奇戦を演じたのであった。この夜は戦闘隊形の儘、夜を徹することとなったが、時しも満洲軍は左の勅語を賜った。

勅語

我カ満洲軍ハ客冬沙河会戦以来鋭ヲ貯ヘ敢テ妄リニ動カス以テ戦機ノ熟スルヲ俟チ一タビ意ヲ決シ起ツヤ全線活動敵ヲ圧迫シテ既ニ克ク包囲ノ形ヲ占ム

朕ハ捷報ノ到ル毎ニ我カ戦勢ノ益々佳境ニ進ムヲ喜ビ又爾将卒ノ余寒猶酷烈ノ時ニ於テ数昼夜ニ亙レル難苦ヲ察シ軫念甚タ切ナリ夫レ各自愛シテ耐久ノ勇ヲ養ヒ光輝アル功績ヲ奏シ以テ朕及ヒ朕カ億兆ノ臣ニ応ヘヨ

明治三十八年三月八日東京発

戦闘の最中に勅語を拝したるは、実にこの時が初めてで又最後であった。将卒皆感奮して士気一段の旺盛を加えた。

十日、昨日の狂風は何処へか飛び失せ日も温かである。早朝次の要旨の命令が下った。

一、本日第一軍ハ数縦隊トナリ、右翼ヲ追撃シ、第四軍ハ魚鱗堡ト三台子トノ中央マデ前進スル筈

二、軍ハ道蔵屯附近ニ待機ノ姿勢ニアラントス

三、野戦砲兵旅団ハ三台子ヨリ田義屯ノ線ニ亙リ砲列ヲ布置シ、目標明瞭トナルニ従ヒ逐次射撃速度ヲ増シ文官屯（奉天ヨリ第一次停車場アル地）ヲ破壊スル筈

四、田義屯守備隊ハ依然待機ノ姿勢ニアルベシ

午前十時、我が砲兵は先ず砲火を開き、敵はまた盛んに我が田義屯を砲撃した。今や、予等は携行してきた煙草全く尽き、本来空と覚悟した身ながら煙草のないのには実に弱り切ってしまい、つくづく喫煙家の意地汚いのを嘆じている時、予の従卒一箱のリリーを取り出し、「恤兵品《じゅっぺいひん》として寄贈されたれど喫煙しない故、斯様な時の用意にと貯えておいた」という。予は大いに驚き、予等将校こそ斯かる場合に兵卒に分配すべきであるのに、却って汝からこれを貰うのは赤面の至りであると幾回か謝して手に取り一本を喫し去るのは惜しくてたまらぬので、先ず一本を半分に折り、心して吸うのであった。この従卒は新兵時代予の教育した兵卒であったが、その当時より心掛けの人に勝れていたことは前にも旅順戦の際に述べた。

さしも頑強なりし前面の敵も午後四時半頃より次第に退却に移ったので、我が砲兵は追撃射撃を加えたけれども、弾薬の輸送意の如くならざる為か、その緩慢歯痒いばかりに殊に追撃射撃に最も必要なる榴散弾の欠乏せし故でもあろう、榴弾を以って追撃する様、見る者をして手に汗を握らしめた。

この日夕刻の通報によれば、第十師団は午前十時三十分王家屯《おうかとん》高地に達し、第二軍は奉天北西約二里の地に達した。夜八時頃歩哨線に於いて「敵襲敵襲！」と叫ぶものあり、闇夜ではあり、重傷者は多し、大いに狼狽したが、何ぞ計らん、例の戦場慣れざる後備兵数日来の激戦に神経の狂いを生じたものか、疑心暗鬼を生んで敵の騎兵一小隊の投降し来たのを敵襲と思い誤ったのであった。実に訓練の足らぬ兵卒ほど厄介千万なものはない。

午後十時頃に至り敵の大佐一名投降して来た。連隊本部に来たので連隊長は僅かの酒を与えてその労を慰めたところ彼は感涙にむせびつつ紀念として連隊長に双眼鏡、連隊副官にピストル、予に軍刀を贈った。こは絶好の紀念なりと予は凱旋の後これを以って指揮刀に改造した。この夜は睡魔頻りに襲い来り、飯をも碌々食べず、ごろごろと寝てしまった。

明くる十一日、朝目さめて師団命令を聞けば、何ぞ計らん奉天は既に昨夜の中に全く陥落してしまったのであった。即ち敵は昨日午後に至り殆ど潰乱して北方に退却し、我が第一、第四軍の諸縦隊は二台子《にだいし》、魚鱗堡《ぎょりんほ》、大窪《だいか》の線に、第八師団は奉天付近に進出して追撃を行い、我が第三軍は更に前進準備に掛らねばならぬ。奉天我が手に落つと聞いていつもならば士気百倍したであろうに当時我が連隊は死傷算なく、兵力は驚くべき程減少してしまい、人々の顔には喜びの色見ゆるものから、また何人も凄愴の感なきを得なかった。

暫くにして命令又下り、第三軍は石仏門《せきぶつもん》（法庫門街道上）大孤家子《たいこかし》の線に沿い進出して敵を追撃すべく、師団は二縦隊となり、第二旅団は右縦隊となり、鉄道線路に沿い前進し、我が連隊及び騎兵一小隊及び工兵一小隊はその前衛として営盤を経て、大孤家子に前進することとなった。午後二時、砲弾の中に数日を送った田義屯を出発して焼鍋子を経、前進すれば、我が後備隊と敵と入り乱れて戦った跡であろう。彼我の死体は相混じて散在し、昨日の砂塵に塗れて惨状目も当てられず、斑々たる血痕黄砂に滲み、見るものをして面を背けしむる。武器弾薬の遺棄せられたるもの殆ど算なく、その凄愴の光景いかに戦争を以って務めとする我等と雖も、などか心を傷めずにはいられよう。この日は北に向って進むこととて、胡砂吹く朔風は正面に吹き当て、顔は盡く泥色を呈した。途中前途遥かなるに日は早く西山に落ち、露営のともし火彼方此方に点在する間を、疲れし足を励ましつつ進んで午後九時三十分漸く大孤家子に着し、直ちに防御工事を施して宿営したのはよかったが、大行李が誤って道を失し夜十二時に至っても尚着せず、その為に夕食を喫したのは夜中の二時、連日の疲労と奉天の陥落で気緩んだものか熟睡暁を知らぬ計りであった。翌十二日は一日ここに滞在し、久しぶりで無事な一日を送った。

かくして奉天戦は終局を告げた。この戦に於いて、我が第三軍が兵力微弱且つ訓練足らず、戦いに馴れざる兵士を以って充たされながら、前古比類なき大迂回を敢行し、多大の損害を受けつつも、最後まで攻撃を取ったことは、戦史に特筆すべきことであると信ずる。

二五　戦後の滞在

三月十三日、大孤家子を発し、遼河の左岸に沿える高坎《こうかん》に移転した。連隊本部に宛てたる家に到れば、中に五十有余名の避難民がある。床のない土間に筵を敷いて坐臥し、乳を求めて泣き喚く嬰児、それを賺《すか》して抱きまわる男あれば、盲目の老婆、病める女など、いずれも愁然としてその惨状を見るに忍びない。予は「戦闘既に終わりたれば各自家に帰れ」と諭したるに、彼等は喜々として出て行ったが、彼等の中にはその家を焼かれたものはなかろうか、彼等は果して再び一家団欒の楽しみを享くることが出来るのであろうか、思えば涙なきを得ない。世に亡国の民程情けないものはないであろう。

翌十四日、我が満洲軍は畏くも左の勅語及び令旨を賜り、各大隊毎に捧読式を挙げた。

勅語

奉天ハ昨秋以来敵軍此処ニ鞏固ナル防御工事ヲ設ケ優勢ノ兵ヲ備ヘ必勝ヲ期シ功ヲ争ハントセシ所ナリ我満洲軍ハ機先ヲ制シ驀然攻進冱寒氷雪中力戦健闘十余昼夜ヲ連ネ遂ニ頑強死守ノ敵ヲ撃退シ数万ノ将卒ヲ擒トシ多大ノ損害ヲ与ヘ之ヲ鉄嶺方向ニ駆逐シ曠古ノ大勝ヲ博シ帝国ノ威武ヲ中外ニ発揚セリ　朕深ク汝将卒ノ克ク堅忍持久絶大ノ勲功ヲ奏シタルヲ嘉ス尚益々奮励セヨ

皇后陛下ノ令旨

我満洲軍ハ機ヲ見テ大挙勇ヲ奮テ激戦昼夜ヲ分タズ艱苦ヲ厭ハズ堅ヲ挫キ鋭ヲ破リ旬日ノ後頑強ノ敵ヲ撃攘シ鹵獲算ナク捕虜亦夥シキ旨

皇后陛下ノ懿聞ニ達シ我将校下士卒ノ堅忍壮烈大勲偉績ヲ奏シタルコトヲ深ク御感賞アラセラル

皇太子殿下ノ令旨

自来機ヲ見テ動キ奉天附近ノ総攻撃ニ大捷シタル我満洲軍ノ偉大ナル奏功ヲ歎賞ス

三月二十八日、鉄嶺も遂に我が軍の有に帰したので我が連隊を基幹とし騎砲工兵各一中隊を附して、馬場少将これを指揮し、軍の先進部隊となって鉄嶺西北約三里の地に前進することとなった。行程約七里で老河湾に着し今夜はここに泊することとなった。去年の今夜は予等はなつかしき帝都を後にして新橋を出発したのであったが、早くも最早一年を経過し、同来の人、多くは世を去り、止まるものは予等二三人に過ぎず。無量の感慨を抱きつつ征旅の夢も寝ざめ勝ちであった。翌日午前八時三十分この地を発し、鉄嶺に向う。遥か行く手に濛々たる煙山々をこむるは、鉄嶺退去の敵が火を放ちたる名残である。左遼河を望めば一面の結氷野を縫うてさながら白布を晒せる如くである。午後一時、鉄嶺西方約一里に当る馬峯溝《ばほうこう》にて遼河の氷上を渡れば、これより暫くの間丘陵起伏せる間を、露軍の構築しておいた軍用道路により前進し漸く平野に出でて遼河右岸に沿える菓子園に着し、この地に陣地を選んで滞在する事となった。

予等連隊本部の宿った家の主人は清国の秀才なるもので、鉄嶺法政学堂の教官であるという。文詞縦横である。彼の居室に入れば壁上に一箋を貼附してあり、家政條規と題し数條を列記してある。支那中流家庭の有様をも窺うべく一読捨つるに忍びぬ所もあるから次に掲げる。

家政條規

一、父母在堂、大小事、皆宜稟命、如在処弁事、回家亦宜説明、父母不如意、不可強弁
一、父母言説、洵宜敬聴、不可違逆
一、父母督責、宜甘心受領、不可変色、不可励声回答
一、父母飲饌、不可不豊、宜備肉麺、尋常毎食有菜
一、父母衣、履随時点検、不可襤褸
一、父母兄弟姉妹、皆宜礼侍、不可忽略
一、労苦之事、不可視父母去做自己偸間
一、為兄者、宜友愛其弟、弟有過、或寛以教之、或厳、以責之、不可聴自便、入於下流
（以下略す）

又支那人一般の風として、正月には赤い色紙に種々なる詞句を書き門柱門扉、家の入口などに貼附

するのであるが、中には中々面白いものがある。その一二を挙ぐれば、

春遊芳草地　夏賞荷花池
秋飲黄菊酒　冬吟白雪詩

耕牛無宿草　倉鼠有余糧
万事分既定　浮生空自忙

奉天以北では露人を呼んで大鼻子《ターピーサ》という。蓋し彼等の鼻の黄色人種に比し隆起せる観あるによるものであろうが、随分奇抜な呼び方ではないか。日本人が初めて欧州人を見て碧眼奴と言ったよりはもう少し奇抜である。彼等は同文同種として頗る日本人を信用し、且つ日本の兵卒が皆字を書き得るのを見て、日本はこの上もない文明国だと思っている様である。蓋し支那人の文字を解するものは極めて稀なのである。

予等は四月八日までこの地に滞在したが、この間予の任務は奉天会戦戦死者の武功証明書を調製することであった。旅順戦に比すれば、戦死者も少数であったので漸くこの滞在中に結了することが出

来た。三月下旬には遼河の結氷も解け始めたので、工兵は我が軍が菓子園より前方に進出する為め架橋した。支那人達は思いがけず橋を架けて貰い、便利この上なしとばかり大いに喜んで盛んに渡って歩く。この頃遼河の河畔には、北を指して帰りゆく雁幾万となく下って休憩しており、真に愛猟家をして垂涎三尺ならしむるものがある。我が遊猟家若しこの季節に遠征を試みたならば必ずや一発数千を得、買切の貨車に満載して帰って来ることも難くあるまい。

四月三日、支隊は宿営地の西南に当る大頭山麓に会し、奉天陥落祝賀の宴を開いて、附近町村の長及び有志を招いたところ、彼等は大いに喜び、陸続として来会するもの数十名に及んだ。予は一人の村長を捉えて筆談を試み「何か君の志を詠んだものはないか」と聞くと、彼は言下に筆を執って左の一詩を録した。

二十余年住草盧　　千辛万苦五車書
人間万事塞翁馬　　何必王公四海誉

彼等の多くは皆この道学的悪風に染みているので、支那人が学問するのは皆この無活気の安心を得るが為に外ならぬのである。清国の振るわざる亦故ありと謂つべしである。

二六　昌図守備

今や我が軍は更に進んで松花江の線に迫り、敵と雌雄を決せねばならぬ。敵の大部隊は既に退いて松花江の線に在るが尚その優勢なる騎兵の大集団はしばしば我が前線に出没し、我が軍情を偵察し、或いは不慮に襲撃の態度に出でんとし、枕を高くして眠る能わざるものがある。奉天戦後第一回の補充兵到着したが、素質不良教育不足なるため、毎日各個教練より中隊教練までを訓練しひたすらその教育に力を尽くして、次回の血戦に備うるのであった。

四月八日、予の連隊は第一大隊を菓子園《かしえん》に止め、他は生田目支隊として昌図《しょうと》に進むべき命を受けた。第一大隊は既に先に昌図に派遣してあるので直ぐに第二大隊を率いて出発し途中馬圏子に一泊して翌九日午後三時昌図南方約一里半の十里台に達したところ、我が秋山騎兵団の一部隊に出会い、その語る所を聞けば、敵の歩騎兵約五六中隊は昌図以南にまで侵入し来たり我が通信線を破壊したという。午後四時、昌図に入ったが地形は皆目知れず、しかも敵情はかくの如き有様とて非常に憂慮した。殊に昌図南方約三里の馬十総台門《ばじゅうそうだいもん》なる逓騎哨《ていきしょう》援護の為め一小隊を途中に残しておいたので、この小隊の安否や如何にと気遣われ一眠りもすることが出来なかったが、幸いなる哉この小隊は敵の襲撃を蒙ったけれども、敵はさまで優勢ならず直ちに撃退したという通信が来たのでやっと安心し、その夜は遅くなって眠りに就いた。

今少しく昌図の地勢を述べんにこの地は西方の一部平野に連なるのみで東南北の三方は丘陵を以って囲繞せられ、陣地としては直ちに敵の包囲を受け易く、守るに難い所である。しかし市街は此附近に於いて奉天に次ぐ大都会で人家櫛比《しっぴ》し、大廈《だいか》軒を並べ、物資豊かに民も亦富んでいる。不便なるは停車場の遠隔なことで名だけは昌図停車場というもその実、昌図からは三里も離れているのである。町の中央に昌図府庁がある。

予等の宿泊した家は大なる豆油製造家で、その構えの大きやかなること目を驚かすに足るものがある。この家の西隣にまた頗る大きな邸宅がある。これは蒙古の王族で金大人と呼ばれ、毎日馬車で府庁に出勤するが、往来の人これに逢うもの必ず敬礼をするほどの大勢力家である。ある日、金大人は従者を従え、我が連隊本部に挨拶に来た。悠々迫らざる態度、福々しき相好、如何にも王族と呼ばるる人だけある。

ここで偶然観察に触れたのは満洲犬である。満洲犬は日本の犬と比較して大分違う。日本の犬は脱糞した後では屹度《きっと》後足で砂を掛けておくが、満洲の犬は垂れ放しである。日本の犬は途中で逢えば必ず格闘？　を始めるが、満洲犬は悠々と互いに唸り合っている。唸り合うのみで中々噛み合わない。

流石は支那の犬だけ不潔も悠長もよく主人に似ている。

郊外を散歩すると時々児童の死体が路傍に捨ててある。残酷と言えば余りに残酷の仕打ちに「何故こんな真似をするのだ」と土人に聞くと「未だ七歳にならずして死する者は不孝大なるもので、祖先の墓域に埋めることは出来ない。野犬の腹に入って初めて罪障消滅するのだ」という。何という迷信であろう。そのくせ彼等は自分たちの注意が至らぬため子が早世したものとは少しも思っていないのである。しかし如何に満洲人とても、同じく人の親であってみれば満更涙のない訳ではない。この頃、予は不思議なる一婦人を発見した。彼女は毎朝町の外に立ってひとりさめざめと泣いている。予は散歩の度ごとにこの婦人が泣いているのを見るので訝しく思い立ち寄ってそのいわれを聞くと彼女は涙を払いつつ、「愛児を失って路傍に捨てたものの愛惜の情尽きずして、毎日ここに立って彼の過ぎ来し方を思い出でつつせめて心を遣るのだ」という。さもありなん、さもそうず、人情何処もかわりはない。

予は一日府庁を訪いその監獄を視察した。監獄は全く昔の日本の牢屋と同じで、丸木を以って格子としたる狭い、薄暗い箱のごとき室に、手枷、足枷、首枷などを嵌められた囚人幾百となく座りおり、格子の前には、親戚、故郷の者ども数多集まり来て、慰め合い、嘆き合っている様、外の見る目も哀れである。試しにその一人を捉え、何の罪によりかくは禁固せられしぞと聞けば、面会に来た一婦人涙をはらいつつ語るよう「冤罪に落とされ、いかに言い開けども、賄賂を送ること能わぬため、かくは獄に下されたのである」と。

ここで予はまた馬賊の死刑に処せらるるのを見た。この附近では馬賊の兇暴素より甚だしいので、馬賊と見れば直ちに死刑に処するのであるが、彼等馬賊は一たび縛に就くや些かの悪びれたる様なく、潔よく首を延ばし、従容として一刀の下に死にに行く様、流石は剽悍無頼、人を人を思わぬ奴等だけある。彼等はまた死ぬ前に生前犯した重罪の数々を大声に告白するのを以って末期の面目とするのだそうで、何処も同じ悪党根性とは斯様なものである。斬首を行う吏は、青竜刀に似たる支那刀にて斬るがその巧妙実に驚くべく、紫電一閃、水も堪らず首は前にと落つる様、話に聞く様である。しかもこの斬首の際に眼を縛さず、自若として動かない囚徒の肝っ玉は驚くべきで、ここにいたれば支那人と雖も中々馬鹿には出来ぬ。斬られた首は直ちに梟首し胴のみは埋葬される。梟首場は昌図西南口を出て、通江口街道を二三丁進んだ所で、予も行ってみたが、路傍左方に二三の大樹があり、樹下に小祠があって、その樹の枝には南瓜の如きもの幾百となくぶら下がっている。これ即ち梟首で、弁髪をそのまま枝に結んだのであるが、古きは頭落ちて毛のみ枝頭に残るあり、顔面一帯に腐敗して見るに堪えるざるあり、或いは又昨日今日掛けられたりと覚しく鮮血の滴り落つるものあり、臭気紛々腥風あたりに迷い真に悽愴膚に粟を生ぜしむる。樹下の小祠には赤紙を扉に貼り記して曰く、（因果応報、積悪家必有余殃）と。初めてこれを見た時には、流石戦場の惨劇に慣れた予も胆を冷やさざるを得なかったが、後には次第に慣れてひどく感ぜぬのみか当たり前のことと思う様になった。

二七　昌図防御戦

奉天戦後敵は着々として遺棄せらるる欧露の新兵を得て損害漸く快復せんとし、先の敗衄《はいじく》の辱を雪がんと、ややもすれば攻撃に出ずるものの如く、殊に名だたるミシチェンコ将軍率いる騎兵の大集団は、巧みに各所に出没して我を脅威し、戦雲再び濃《こまや》かなるを加えた。かくて我等は昌図に敵の包囲を受けたのである。

昌図の守備は秋山騎兵旅団と我が連隊の二大隊と協力して之に任じたのであるが、当時敵の騎兵は常に我が騎兵に数倍し、為めに我が騎兵は常に敵の圧迫するところとなって、昌図市街に追い込まれることしばしばであった。然るに四月二十二日午前十時頃、各方面に頻りに銃声が起こったので、これまで午前中に敵襲を受けたことはなかったゆえ、正しく敵の本攻撃なるべしと判断し、直ちに防御準備に取り掛かった。午後二時、秋山支隊から通報が来て敵の騎兵大集団が各所に出没しているという。あたかもこの時我が連隊は一小隊を昌図南方約三里の仲河《ちゅうが》に出して、開原との後方連絡線掩護に任じ、又一中隊を昌図東方約二里の永安堡《えいあんほ》に派して昌図停車場方向より南下する敵に備えておいたので、この二隊が孤立に陥りはせぬかと深く憂慮していると、午後八時永安堡の中隊から報告が来た。その報告に依れば敵の歩兵四五大隊騎兵三中隊、昌図停車場より南下し、猶その後続部隊あるものの如く我が下士哨の兵卒二名敵騎に捕えられたという。午後八時に至りこの中隊は砲兵を有する敵騎兵の大集団に圧迫せられ漸次昌図に退却し、夜十二時連隊に復帰した。然るに十一時四十分満洲軍参謀長から次の通報が来た。

一、第四軍ハ更ニ歩兵一個大隊砲兵一中隊ヲ開原ニ増加シ該地ヲ固守セシメ且ツ敵ヲ撃攘スル筈

二、秋山支隊生田目支隊ハ開原守備隊ニシテ若シ中固ニ退却セバ通江口ニ向イ背進スベシ

この通報を見ると、敵は最早何時の間にか我等の遥か後方なる開原を攻撃しているのである。我等は敵中に孤立することになった。通江口《つうこうこう》は昌図西南約十里の地で側方に当っており、ここに退却するということはむずかしいことである。そこで連隊長は、開原守備隊の退却如何は予知することは出来ぬ故、我等は秋山支隊と共に昌図を死守しようと決した。この夜は警急集合をなしたる儘、夜を徹することとなったが、愈々昌図を墳墓の地と定めては却って心に掛るものもなくなり、明日の快戦に死花咲かせんと思い定めつつ安らかに眠りに就いた。

翌二十三日午前四時頃、敵の歩兵一大隊、騎兵三中隊は昌図東北約三千米突の地にある二十家子に

進入し、また敵の騎砲兵はこの地に砲三門を携え来て砲列を布き、昌図市街に対し盛んなる威嚇砲撃を加えた。これと共に敵騎は益々増加し来たり、昌図北方より南方に亙り、ただ西方のみを残して包囲し、歩兵も亦約二大隊となり、東方より攻撃して来た。予等の恐るるものは敵の歩兵である。騎兵の如きは何万騎あっても、この防備安全なる昌図を陥れることは出来ぬ。昌図は周囲に繞《めぐ》らすに堅固なる城壁を以ってし且つ東方の出口には数日前より最も堅固なる角面堡を構築しておいた故、容易には攻撃することは出来ぬのである。ただ歩兵にして増加する時は、決死の勇を奮って肉迫せらるれば、この城も時に過ちなきを保し難い。既にして後方開原との電線は切断され、馬仲河の中隊との連絡は全く絶えてしまい、昌図はいまや援軍の望みなく、全く孤城落日の観を呈するに至った。午後に至りて敵砲は八門に増加し、諸方の丘上に之を移動して頻りに砲撃を加え、敵弾各所に落下した。しかし城中は静まり返って全く敵のなすに任せ、少しも応戦しない。敵はこの様子を見てもどかしく思ったのであろう、午後二時頃より決死隊らしき一部は我が角面堡を奪取して直ちに市街に入らんとするものの如く、地物を利用して漸次角面堡に接近して来た。しかも我は銃口を揃えて敵を待ちつつ尚満を持して放たない。敵はこれを見て益々接近し、遂に二百米突以内に入ったのを見済まし、万弩《ばんど》一時に放ったので、何條堪らん、忽ちにして死屍累々、辛く生き残ったものも一人として傷つかざるなく、かの爾霊山攻撃を再び見る様な心地がした。後に彼等の死体を見れば、いずれも頸に聖像を掛け、全く軽装し、決死の有様まことに雄々しく見えた。

敵はこの一撃に懲り、左右なくは落ちずと諦めたものか、更に進まず、ただ遠くより包囲して相変わらず砲撃を続けるばかりである。かくしてこの日は暮れたが、連隊長は、敵も大部隊のこととて糧食不便なるべく、その中《うち》には包囲を解くであろうし、我が軍は糧食尽くるも尚物資の豊かなる昌図の事ゆえ、土人の糧食を徴発すれば優に一箇月に支うるに足りようから断然、昌図を死守しようと決し、この夜は戦闘隊形のまま夜を徹した。

翌二十四日は暁明の頃より雨が降り出した。敵は依然として遠く我を包囲している。午前十一時四十分、秋山支隊より通報あり、敵騎少なくも二連隊は午前十時頃より鉄道線路に沿い北方に退却しつつあり。思うに馬仲河の包囲を解いたものであろうということである。馬仲河に連絡を通ずる為め出て行った某騎兵中尉は午後二時になって無事報告をもたらしてきた。その報告によれば馬仲河小隊は一昨日来敵の歩騎砲兵の包囲を受け、家屋は砲弾のため焼かれ、非常なる苦戦をなしたが、しかも死傷わずかに八名を出したのみで、敵は本日正午頃囲みを解いて退き、漸く連絡を通ずることが出来たという。午後三時頃に至り、昌図の三面を包囲していた敵は漸く退却を始め、我が秋山支隊は直ちに追撃戦を行い、敵に多大の損害を与えた。

かくして戦闘は大なる過失なく過ぎ去り、我が軍は包囲から逃れた。五月十一日、昌図守備を交代して我等は通江口を経、法庫門東方約三里の地に軍の予備隊となって移転することとなった。生憎にも十一日昌図を発して間もなく午前十時頃、天色俄かに暗澹として強風起り、黄塵は空を罩《こ》めて濃霧の如く、咫尺を弁ぜざるもの幾時間、砂礫は銃弾の如く飛来して面を打ち、これが為に傷つくもの少なくない。止むなく途中に一宿したが、翌十二日も強風依然として吹き荒れ、通江口を渡って一時休憩したけれども諸隊の位置を認むる能わざる如き次第、途中しばしば連絡を失いつつ、午後四時、漸く旅団司令部所在地たる頭台子に着し、その西南の部落下堡《かほ》というところに滞在することになった。ここに我等はいよいよ呑気な第二戦部隊となったのである。

二八　法庫門附近の滞在

五月十八日、突然、「敵騎の大集団法庫門西北方に来襲す」との飛報があった。我が第三大隊はこの夜急に法庫門守備隊に加わるべく命ぜられ、愴惶《そうこう》として出発したが、翌十九日の通報によれば、敵騎千五百、法庫門の西南約三里に現れ、我が砲兵弾薬縦列を襲撃した。嗚呼、これ実に名将ミシチェンコ将軍率ゆる騎兵団である。奉天の敗後頻りにその鉄蹄を飛ばして勝ち誇りたる我が軍を揶揄し、露軍の為に万丈の気を吐かんとする彼、流石に猛将の名に恥じぬではないか。この敵襲は二十一日まで続いたが、予はこの戦闘を目撃せぬ故、ここに記さぬこととする。ただこの間に於いて我が軍の蒙った損害は言うに忍びざるものあり、我が連隊にて編制せる後備歩兵第四十九連隊の如きは大半敵の捕虜となり、我が軍の捕虜を出したることこの時の如きはない。而して敵騎兵の勇敢にして機敏なる動作は、敵ながら嘆賞を禁じ得なかった。二十五日に至り我が連隊は法庫門の西方約三千米突の新城堡《しんじょうほ》附近に移転することとなったが、聊《いささ》か「喧嘩過ぎての棒ちぎり」の感なきを得ぬ。

二十六日は南山攻撃の一周年である。朝来大雨で泥濘膝を没し、歩行することが出来ない。予は当時の光景をそぞろに思い浮かべつついると、午前十時頃、乃木将軍は副官一名を伴い、突然我が連隊本部を訪い、

「今日は南山記念日だから軍旗を拝しに来た。」

と言わるるので、予は軍旗の覆いを脱し、閣下の面前に捧持した。閣下は暫くこれを拝し、終って何彼と雑談せられ、やがて辞去された。この時、予は勿論乗馬で来られたろうと思い、馬の準備を命じたところ閣下はこれを遮って、

「今日は脛騸《はぎな》らしだから馬はない。」

と謂われるのには一同驚いた。満洲の雨季と来ては、真に一帯泥海の如き道で、土人と雖も容易に通行はしない。この道で脛騸らしとは、若い者もとても及ばぬ元気、予等は真に恥入らざるを得ない。

この日は南山の記念日のみならず、将軍に取ってはその愛児勝典氏の一周忌である。予等は将軍の心事を思うて双頬に涙の伝うを覚えなかった。

この頃、露国第二太平洋艦隊は既に南支那海に入り、決戦の機亦近きにあることも知れたので、人皆その結果や如何にと首を延べて報告を待っていた。吉が出るか凶が出るかこの一戦直ちに皇国の興廃にも関しようという大切な場合、我等は御神籤《おみくじ》を探るような心地でいたのである。五月二十七日、予は連隊長に従い馬に跨り第一大隊の陣地視察に赴き、帰途法庫門を経て帰ろうとしたところ、途中軍参謀に出会った。その話により彼我の艦隊の主力は愈々日本海に会戦し着々として勝利を得、最後の桂冠疑い無しと聞いて勇躍禁ぜず、直ちに拍車を加えて馬を飛ばし、快報を各大隊に伝うれば、各隊は驚喜して手の舞い足の踏む所を知らざる有様であった。この夜、予は十二時頃まで陣中日誌を記入していたところ、第二大隊本部から日本海海戦祝賀会を開いたから来いと馬を以って迎えに来たので直ぐ様行ってみれば、宴正に酣にして歓声堂に溢れ、近頃になき盛宴である。徹宵痛飲して最早日の出たのも知らず朦朧たる酔眼にただ月とのみ思い酔歩蹣跚呆々呼《すいほばんさんぼうぼうこ》として、連隊本部に帰って来ると、軍旗の歩哨が夜間は必ず着剣して立っている筈であるのに着剣しておらぬのを見、「夜間何故着剣せぬか」と問うたところ、「夜が明けたから剣を収めました」と言う。言われてみれば成程月だと思うたのは大間違い、夜は疾くに明け放れているのであった。これは失敗と哄笑し、中に入ればその儘前後も知らず倒れてしまった。

六月二日には、また新城堡で南山記念祭と海軍祝賀会を兼ねた大宴会が開かれ、十日には師団司令部で南山祭が催された。当時は将卒皆無事に苦しみ、無聊を慰めるため頻りに酒宴を開いたので、或いは観月会、或いは持ち寄り会、或いは茄子見会（満開した茄子の畑で花を見る会）、其他何会彼会と称して宴会を開いた。その中《うち》最も流行したのは持ち寄り会で、その規則は、
一、一人必ず二品以上の肴を携行の事
二、麦酒は左の比例に従い携行すべし
少尉一本、中尉二本、大尉三本、少佐六本、中佐十本、少将一ダース
少しく大きな宴会には角力、馬鹿踊、越後獅子、太神楽、其他種々の余興がある。しかも皆専門家のこととて中々馬鹿には出来ぬ。それから又軍司令部の所在地たる法庫門では、舞台小屋をしつらえ夜芝居を興行して下士卒の慰安に供するのであった。俳優は新派も旧派も皆混合で兵卒の中から取るのであったが輸卒のなかには中々立派な俳優もあった。
七月十九日、予等同期生一同は中尉に進級し、同時に予は旗手を次期生と交代して第一中隊の小隊長となることになった。殆ど一年に亙り捧持して九死の地に出入し南満洲を縦断して来た軍旗と別るる予の心はどの様であったろう。感慨胸に迫って紅涙潸《さん》たるを禁《とど》め敢えなかった。さてあるべきにあ

らねば、恭しく軍旗に別れを告げ連隊長及び副官とも挨拶して新城堡を発し、法庫門に着任した。

二十七日頃より予は発熱の気味であったが、二十九日には三十九度以上に達した。三十日、我が連隊は法庫門北方約四里の地に移転することとなったので、予は止むなく大隊の駄馬に乗りて移転した。当時平和熱は漸く兵卒間に流行し来たり将校の間にすら平和の語を聞く位であったから、予は一意精神教育に力を注ぎ望郷の念を薄むることに努めた。

この間のこと、我が小隊の某分隊に禁酒禁煙を行うて金四圓を拠出し、我が義勇艦隊建設費に投ぜんことを願い出た分隊があった。予は勿論、左様のことを勧めもせず、又かかることは軍人の力を借らずとも、富豪等の当然の事業であると思ったから、彼等を諭して、汝等は現に邦家の為に一身を捧げて奉公しつつある者、内地には飽食暖衣無聊に苦しみつつある幾多の財産家あり、義勇艦隊拠金の如きは彼等の当然の義務であるから汝等の僅かの俸給を割いて之を出す如きは止めてよい、と告げたが、彼等は強いて出したいというので、予は金票で五圓となし、東京朝日新聞社に之を託した。些細なことながら協同一致して禁酒禁煙を断行し、僅かの金の中より献金するとは実に美しき心掛けではないか。予はここにこの奉公心に富んだ分隊の姓名を記すことにしよう。

伍　長　浅野勝太郎　　上等兵　小澤延平
上等兵　茂登山昇之助　　一等卒　柳橋富太郎

一等卒　佐藤留吉　　同　　沖山健太郎
同　　大山留吉　　同　　菅田八重太郎
二等卒　佐藤信照　　二等卒　堀井金太郎
同　　丸川次郎吉　　同　　細谷文次郎
同　　後藤豊吉

二九　平和克復

陣中も退屈凌ぎには随分と滑稽なこともやる。九月十四日、予の中隊では事務室庭前に舞台を作り、下士卒の演芸会を始めた。この時は予が旅順で作っておいた端唄により、踊りをやるのであった。端唄の文句は皆記すことは出来ぬが、先ずその踊の有様を記そうなら、舞台の真中に二人の歩哨兵悄然たる様子をして立っている。

「空を見上ぐる歩哨兵　月に恨をかこつらん」

という地で、月を眺めて故郷恋しき見得よろしく

「………胸がもゆるぞえ」

という所で首をうなだれ、じっと思いに沈む。

「あれ驢馬が啼く………」

と歌う折しも、楽屋の中で奇妙奇天烈なる驢馬の声色、満場報復絶倒する。

最後に
「野暮な巡察も来たわいな」

で、巡察将校突然として現れたるに驚き二人は真面目に
「トマレー、誰か?」

ここ於いてか拍手喝采小屋もゆるがん計《ばか》りである。

十五日、突然左記の休戦命令は下った。
一、日露両軍ノ休戦條件協定委員ハ一昨十三日午前十時ヨリ沙河子ニ於テ会見シ同日午後七時二十分調印ヲ了セリその調印セラレタル議定ハ左ノ五箇條ナリ
第一條　満洲全部ニ於テ戦闘ヲ中止ス
第二條　本議定書ト共ニ交換スル地図ニ示シタル日露両軍第一線ノ中間ヲ以テ離隔地帯トス
第三條　両軍ニ一切ノ関係ヲ有スル者ハ如何ナル口実ヲ以テスルニ係ラズ離隔地帯ニ入ルヲ許サス
第四條　双廟子ヨリ沙河子ニ至ル道路ヲ以テ日露両軍間ノ公用道路トス

第五條　本議定書ハ千九百五年九月十六日（露暦九月三日）ヨリ効力ヲ有ス

ここに於いてか平和熱は滔々として侵入し、また如何ともすることが出来ない。九月二十七日、我が師団は孤樹子に於いて師団陣没者の招魂祭を開いた。午前九時各隊は忠魂碑の周囲に整列を了した。碑は村落の東南凹地の、雨水貯留して池を成せる中央に土を堆積してその上に建て、周囲の水中には兵卒の製作した蓮花を一面に植え、広寥たる満洲に時ならぬ眺めを現出した。午前十時三十分三発の煙火を合図に師団長は恭しく碑前に進み祭文を朗読され、次いで従軍僧侶の読経がある。終わって各隊は一斉に捧銃の礼をなし、『国の鎮め』の喇叭、嚠喨《りゅうりょう》として起こる。

式終わって余興場へ入れば、各隊競争で献納した余興は、今日こそ晴れの場所とばかり、皆巧妙を極めている。殊に振るったのは高崎連隊の盆踊りで、この連隊は信州出身者の多いこととて、盆踊りも本式、中々他の企て及ばぬところである。踊子は或いは美人あり、露兵あり、支那人あり、種々様々に仮装している。芝居は各連隊よりその心得ある者を選抜し、三味、太鼓、笛まで営口より取り寄せ、全く本式、長唄まで本調子とは驚くの外ない。角力はまた第一の大評判でいつもいつも満員、目下東京相撲の幕内たる上汐君は当時工兵第一大隊の二等卒で横綱であった。転じて宴遊会場に入れば雀の焼鳥あり、汁粉屋あり、寿司屋あり、或いは支那美人、海老茶袴の女学生、茶屋女風の別嬪など、頻りにお酌をしてくるるに、はて不思議とよく見れば何れも兵卒の仮装、通理で大きな手だったと思うも滑稽である。

十月十八日、愈々平和克復の命令は下った。曰く、

一、平和條約ノ批准ハ十月十六日発布セラレ日露両国ノ平和ハ克復セリ

二、各隊ハ自今全ク対敵行動ヲ停止スベシ

又同日陸軍大臣より左の訓示を受領した。

訓示

今回ノ戦争ハ我国開闢以来未曾有ノ大戦争ニシテ敵ノ兵力優勢ナリシコト多キニモ拘ハラズ戦ウ毎ニ勝タザルナク偉大ナル功績ヲ挙ゲタルハ大元帥陛下ノ御稜威ニ由ルコト勿論ナルモ亦我将校下士卒ノ忠勇義烈ノ結果ニ外ナラズ今ヤ　陛下ニハ永ク戦争ヲ継続スルコトノ国家ノ利益ニ非ザルコトヲ思召サレ人道ト文明トノ為ニ速ニ戢メ給ヒ久シク戦場ニ勤労セシ我軍隊ハ、茲ニ凱旋法令ニ照ラシテ遺族等ヲ救恤セシメラレ勲功ヲ建シテ生存者ニ対シテハ既ニ夫々賞賜ノ詮議ヲ盡スコトヲ命ゼラレタリ　抑々宣戦ト講和トノコトハ　陛下ノ大権ニ属スルモノナレバ軍人タル者ハ唯　陛下ノ命ノ儘ニ進退スベシ仮初メニモ和戦ノ可否ヲ口ニスルガ如キハ本来ノ分限ヲ弁エザル僻事ニテ固ヨリ紀律ノ許サザル所ト知ルベシ世間或ハ今回ノ講和ニ不満ヲ懐ク者ナキヲ保セズト

雖苟クモ　陛下ノ股肱タル軍人ハ厳然トシテ本文ヲ守リ決シテ其等ノ議論ニ耳ヲ傾クルコト有ルベカラズ今ヤ戦争ハ既ニ畢リ我軍人ノ名誉ハ世界ニ発揚セリ今後将卒ノ引続キ隊伍ニ留マル者ハ益々職務ニ精勤シ解カレテ郷里ニ帰ル者ハ恭謙ニシテ既得ノ名誉ヲ失ハズ各自ノ本業ニ勉励シ出デテハ忠勇ノ軍人タリ入リテハ誠実ノ良民タルコトヲ期スベシ加之国運ノ伸張ニ伴ヒテハ将来国際ノ形勢何時変態ヲ生ジ再ビ兵馬ヲ動カス必要アルヤモ測リ難キガ故ニ能ク軍人ノ品性ヲ保持シ一旦緩急アルトキハ一令ノ下ニ直チニ起チテ国家ヲ擁護スルノ覚悟ヲ忘ル可カラズ

明治三十八年十月三日

陸軍大臣

新聞紙の報によれば帝都は戒厳令を布かれ、帝国将校の率いた軍隊は一売笑婦の居宅の門番をしたということである。真面目の滑稽と称すべきであろう。

十月二十六日、予等軍人は畏くも左の勅語を拝した。

勅語

朕カ親愛スル帝国陸海軍人ニ告ク

朕嚮ニ汝等ニ示スニ軍人ノ精神タル訓規五箇條ヲ以テシ明治二十七八年戦役終ルヤ深ク邦家ノ前途ヲ憂ヒ更ニ訓示スル所アリ爾来十閲年朕カ陸海軍ハ世ノ進運ニ伴ヒ経校大ニ其歩ヲ進メタリ不幸ニシテ客歳露国ト釁ヲ開キシヨリ汝等協力奮励其任務ニ従ヒ籌畫宜シキヲ得攻戦機ヲ制シ陸ニ海ニ曠古ノ大捷ヲ奏シ帝国ノ威武ヲ宣揚シ以テ朕カ望ニ副エリ朕ハ汝等ノ忠誠勇武ニ頼リ出師ノ目的ヲ達シ上ハ祖宗ニ対シ下ハ億兆ニ臨ミ天職ヲ盡スコトヲ得タルヲ懌ヒ深ク其戦ニ死シ病ニ斃レ又ハ癈痼ト為リタルモノヲ悼ム

朕今露国ト和ヲ講ス惟フニ我軍ノ名誉ハ帝国ノ光栄ト共ニ更ニ汝等ノ責務ヲ重カラシメ国運ノ隆昌又汝等ノ努力ニ俟ツコト大ナリ汝等其レ能ク朕カ意ヲ體シ留リテ軍隊ニ在ルモノト散シテ郷閭ニ帰ル者トヲ問ハス常ニ朕カ訓諭ヲ服膺シテ朕カ股肱タルノ本分ヲ守リ益々励精以テ報効ヲ期セヨ

明治三十八年十月十六日

かくて平和は遂に克復された。南山以来の事どもを思い出せばさながら夢のようである。

十月三十日、満洲軍総司令官より左の訓示を受領した。

訓示

戦争ノ目的ヲ貫徹スル為重責ヲ負ウテ吾人ノ努力シタリシ日露戦役ハ茲ニ終結ヲ告ゲ平和ハ克復セラレタリ回顧スレバ開戦ノ始メヨリ年ヲ閲スルコト殆ド二歳此間我満洲軍ハ能ク祁寒ヲ凌ギ隆暑ニ堪ヘ堅ヲ摧キ柔ヲ破リ百戦百勝終ニ其任務ヲ達成シ得タルノミナラズ本職ノ乏シキヲ以テシテ敢テ大瑾ナキヲ得タルハ全ク我将校下士卒ノ忠誠ニ職由セズンバアラズ是レ本職ノ敬慕感謝スル所ナルト同時ニ生命ヲ本戦役ニ殞シタル将卒ニ対シテハ悲痛哀悼ノ情ヲ禁ズル能ワズ今ヤ日ナラズシテ我満洲軍ノ大部ハ凱旋ノ途ニ就カントス此時ニ當リ依然満洲ニ於テ守備ノ任ニ留マル者ハ勿論平時ノ軍務ニ服シ若クハ武装ヲ解キテ郷里ニ帰ル者ト雖モ武功ニ誇ラズ陣中ノ辛苦ヲ忘レズ自重シテ健康ヲ保持シ常ニ戦役間ニ於ケル心ヲ以テ心トシ戦勝ヨリ得タル自己ノ名誉ヲ保持シ将テ模範ヲ後世ニ貽サザルベカラズ又本戦役ニヨリ吾人ノ経験シタルコトニ就キテ探究研磨シ帝国軍進歩ノ資料ヲ提供スルハ本職ノ特ニ希望スル所ナリ惟フニ極東ニ発生スベキ事件ハ将来益々深ク列国ノ注視スル所トナルベシ此間ニ処シテ本戦役ヨリ得タル戦勝ノ光輝ヲ失墜セズ更ニ国威ヲ発揚シ此ニ於テカ吾人ノ任務ハ一層重キヲ加フルモノト謂フベシ然レドモ苟モ常ニ前述ノ精神ヲ以テ誠実ニ邁進セバ恐ラクハ目的ノ半ヲ遂行スルニ難カラザラン将卒宜シク益々奮励シテ各其職務ニ盡瘁スベキコトヲ望ム

明治三十八年十月二十四日　満洲軍総司令官侯爵　大山　巌

十一月一日、更に乃木第三軍司令官より左の訓示があった。

訓示

第三軍将校下士卒ニ告グ

日露開戦以来陸ニ海ニ連戦連勝空前ノ大捷ヲ獲、茲ニ平和ノ局ヲ見ルニ至レリ之レ洵ニ陛下ノ神威聖徳ノ致ス所ニシテ諸子ト共ニ深ク祝スル所ナリ

回顧スレバ不肖希典曩ニ第三軍司令官ノ重任ヲ拝シテヨリ茲ニ一年有半此間諸子ト共ニ親シク戦闘ニ参与シ前ニハ世人ノ称シテ難攻不落トナセル旅順ノ要塞ヲ陥落シ後ニハ奉天会戦ニ於テ懸軍敵ノ背後ニ迫リ以テ我軍ノ名声ヲ中外ニ発揚スルニ至レリ彼ノ要塞ニ肉薄スルニ当テハ百難ヲ排シテ毫モ屈セズ屍山血河ノ間ニ馳セテ益々奮ヒ遂ニ能ク天為人口ノ険ニ勝チ其初心ヲ一貫シテ以テ守兵ノ降服ノ余儀ナキニ至ラシメ彼ノ奉天ノ野戦ニ於テハ疾風迅雷ノ勢ヲ以テ前進シ十数日間ノ長キ櫛雨沐雨寒ニ耐ヘ飢ヲ忍ビ数倍ノ敵ト奮戦健闘終始攻撃ヲ続行シ以テ敵ヲシテ已ムナク敗退スルニ至ラシメタリ希典ノ不肖ヲ以テシテ此大任ヲ辱メザルコトヲ得セシメタルモノ之レ諸子

ガ能ク軍紀ヲ守リ協心戮力各其本分ヲ盡セル結果ニ外ナラズ之深ク感謝スル所ナリ今ヤ平和ノ詔勅ヲ拝シ戦勝ノ光栄ヲ担フテ凱旋スルノ期近キニアラントス然リト雖モ名誉大ナレバ其自重スル所益々大ナラザル可ラズ古来戦勝軍ニシテ凱旋ノ途次或ハ財物ヲ掠メ或ハ住民ヲ辱メ汚名ヲ千載ニ残シタルモノ尠カラズ又狂スルガ如キ国民ノ歓迎郷党ノ優遇ヲ受ケテハ覚エズ自負傲慢ニ陥ルモノ其例モ亦乏シカラズ若シ夫レ諸子ニシテ鑑ミルコトナク汚名ヲ受クルコトアランカ独リ其身ノ不幸ノミナラズ実ニ国運ノ声価ヲ失墜スルモノナリ諸子夫レ深ク戒心シ隊中ニ在テハ軍紀ヲ厳守シ訓練ヲ励行シ隊外ニ在テハ謙譲勤倹以テ有終ノ美ヲ完ウシ益々我軍ノ栄誉ヲ発揚スルト共ニ国家他日ノ急ニ備フルニ努メヨ

今ヤ時将ニ寒天ニ向ハントシ尚数箇月間この僻地ニ滞在セン戦後悪疫ノ流行其例ニ乏シカラズ諸子夫レ衛生ニ注意シ国家ノ為メ自愛セヨ

明治三十八年十月二十七日

第三軍司令官男爵　乃木希典

何ぞその懇切にして慇懃なる。縷々《るる》数百言皆その心底より発し、切々たる温情紙表に溢れ、これを読んで何人も感佩《かんぱい》せぬものはない。

我等は尚数箇月の間、寒天に曝されつつ、かかる僻地に滞在し空しく凱旋の日を待たねばならぬこととなった。かくなりては、兵卒の望郷心次第に盛んになり抑圧すること難く、往々にして発狂者を出《いだ》し、我が連隊の如きも二名の発狂者を出した程で、これを防ぐ為めには非常に苦心した。予はその手段として努めて興味ある実弾射撃をなし、彼等の心機一転を図るのであった。またこの時、乃木軍司令官は兵卒の無聊を慰めん為め一篇の軍歌を作り軍楽長をして作曲せしめ一般に歌わしめられた。

予はこの項を借りて更に乃木将軍の隠れたる美事を語りたいと思う。南山の一戦、将軍は長男勝典氏を失われ、高崎連隊の小隊長たりし予等の同期生保典君一人のみとなれらたので、当時の第一師団長伏見宮貞愛親王殿下にはこの事をいたく御掛念あれせられ、保典氏をば第一師団の衛兵長に転任せしめんとて衛兵長として任命さるる様軍司令部を経由し陸軍省へ提出せられた。然るに乃木将軍はこの稟申を不当とし師団へ返附されたので殿下もこの時は師団長の権限に属することなれば大に御憤あり何度となく参謀長を往復せしめ給いしも、高級者の子なればとて安全の職に置くは不都合なりとの理由の下に遂に却下されたということである。一点の私になき、将軍の心事真に仰慕すべきではないか、将軍は又平和克復後の滞在の間、参謀長などの西洋料理など作らせ食するを顧みず、自らは別に兵食を設けさせてこれを食べられたということである。

三〇　旅順戦場掃除

この滞在を利用し、我が第三軍の各師団は旅順方面戦死者の遺骨遺灰を集めて新たに成った白玉山頂の納骨場に納むる為め戦場掃除隊を派遣することとなった。均しく名誉ある第三軍に属して砲煙弾雨の中に往来し我等を残して国の為に斃れたる人々の遺骨を拾うと思えばまた言い知らぬ悲壮の思いがある。予はこの収集を命ぜられ下士三名と従卒を率い他隊の掃除隊と合して十一月一日鉄嶺を発し南下した。

当時は寒気甚だしきこととて、普通客車では凌ぎ難かろうとの懸念から有蓋貨車の中に押込まれたのは滑稽であった。成る程窓は無いから寒さはやや凌ぎよい様に思えるが、この有蓋貨車は前に軍馬の輸送に使用したこととて異臭紛々どうも鼻持ちならず、頗る閉口した。しかし寒いよりはまだよいと痩せ我慢して二日二晩この臭い貨車の中で我慢し、十二日正午頃旅順に着いた。第一着に我等を驚かしたのは馬車を飛ばして大路を狭しと往来する幾多の令嬢で、何時の間に斯様に日本の令嬢が来たのかしらんと予等は路傍に避けてその権勢を仰視したのであったが、よく聞いてみれば何ぞ計らん、これ即ち有名なる日本の紅裙隊で検梅を受くるが為にかく横行しているのであろうとは。予は馬鹿馬鹿しくもあり、忌わしくもあり、侮蔑の眼を呉れて通り過ぎた。去年までは正義と人道の為に幾万の勇士が血を流して戦うた地、今は既に不義と不徳の巷と化し去る。有為転変は世の習いとはいえ、真に憤慨の至りではないか。

翌十三日、予はそのかみの苦戦の跡を偲ばんものをと、先ず爾霊山に向った。やがて山麓に着き、剣を杖き攀ずるに幾回となく休憩せざれば山頂に達することは出来ない、殊に予等は長い間北方の平野にのみ慣れたこととてかくの如き険峻を如何して攻めたろうと、ただ当時を怪しむ程であった。しかも重い軍旗を捧持して登ったことを思うと、人間は全く気力一つであると染々思う。勇を鼓し、気を励まして山顛に至れば、当時の俤見るに由なく、ただ彼方此方に白骨累々として見え、四顧ただ寂寞旧に依ってうそ寒き風の白雪を吹くばかりである。万感交々至り、俯仰低徊去る能わず、やがて拙い一首をものして漸く山を下った。

　そのかみの血しおの色は見えずなりてただあちこちに白き骨見ゆ

やがて海鼠山に登り、我が連隊にて整然と墓碑を建ておきしかの墓地に至れば、屍体はその儘にただ墓碑のみ掃除せられ、某隊の紀念林が植樹されてあった。この日、金州に赴いた下士の言によれば乃木中尉の遺骸は同地兵站司令官に於いて火葬し、遺灰は南山頂に葬り遺骨は一小甕に納めて今尚司令官の枕側に安置せられてあるということで、予等の来たのを幸い、帰路金州停車場で授受する約束

写真④　東鶏冠山北堡塁の掩蔽部

をしてきたという。

翌日より数十名の支那人夫を使役して海鼠山麓の発掘に従事し、十六日漸くこれを了して、火葬に附した。爾霊山戦死者の如きは、当時尚衣服の間に肉片点々と附着し、惨澹たる光景を呈していたのであった。翌十七日からは更に、我が連隊に多数の生死不明者を生じた鉢巻山の発掘を始めた。先ず幾回となく敵の逆襲を受けた山頂の散兵壕を発掘したところ一尺許りで敵味方死体続々として現れ出た。当時露兵と吾兵との骸骨の鑑別法は第一頭髪の紅か黒きか、第二髪なき時は鼻骨隆起の程度、第三頭蓋なき時は大腿骨の長短如何を以ってするのであったが、この日最も愉快であったのは生死不明者二名の遺骨及び認識票金属製にて自己の隊号姓名を刻せるものを発見したことであった。二十二日まではかくの如く毎日支那人夫数十名を雇って鉢巻山を発掘し、都合十名の生死不明者を発見した。支那人には懸賞を以って認識票一枚を掘りだした者には金十銭を与

写真⑤　東鶏冠山北堡塁掩蔽部の内部

うることとしたところ続々と発見して持って来たが、生死不明者でない、戦死を確認された者の認識票ばかり多いのには頗る閉口した。彼等生死不明者の多くは敵の散兵壕の底深くより出ずるところを見ると、最も先頭に進んで戦死し幾回かの逆襲に依って敵味方の死体その上に打ち重なった上に、敵の重砲弾によって壕も半ば埋まり、夜間のみ死体の捜索をなす当時の状態とて、遂に知らるるに由なく、国の為に最初の犠牲となりたるもその勲功を知られずに過ぎたのであろう。されば彼等の一人に違いないと判る時の我等の愉快はまた譬えるにものもない。実にこれが為に迷える英霊も浮かぶのだと思えば、終日の労苦も少しも疲れを覚えず、ただ一個にても余計に発見するのを楽しみに営々として毎日発掘に従うのであった。しかし十有余名の生死不明者は遂に発見することが出来なかった。思うに彼等は敵の巨弾に砕かれ、五体四肢、四分八散して全く形を止めざるに至ったのであろう。赤坂山にも尚生死不明者があったので、二十三日同山を掘開したが、ここには遂に一物をも得るなく、更に高崎山東方高地で敵砲弾の為に斃れた数名を掘り出して骨となし、二十六日予及び予に従える下士三名の心当たりのある所は全く掘り盡したので、ここに戦場掃除を終わることとした。

二十七日には旅順駐屯要塞砲兵大隊長の懇請に依り、予は該隊将校団の為に爾霊山攻撃の大要を説明し、終って将校集会所に催された慰労の宴に招かれた。二十八日には遺骨遺灰を白玉山の墓地に納めた。墓地は地下に大なるベトン製の窖室《こくしつ》を作り、師団毎に納骨し、その窖室の上に社殿を建て、その前方に大なる記念碑を立つる計画であるという。尚白玉山上には馬車にて登ることの出来る程の大道を開き参拝者に便する筈とのことで、恐らく旅順に於ける日本人の事業としては最大のものであろう。

予は最後に、嘗ては我が軍の敵であった露軍の美事を我が国民に紹介せねばならぬ。予はこの日要塞司令部で数日来収集した戦死者名簿と我が連隊の生死不明者名簿とを引き合わせて調査したところ、計らずも生死不明者三名の何時の間にか発見せられてあることを知った。この三名は予の親友小野寺少尉の部下で（注・明治三十七年）五月十八日斥候として出で、肖金山で敵手に斃れたものであったが、死体を発見しなかった為め今日まで生死不明者となっていたのであった。聞けばこの三名の死体は、露軍に於いて親切にも白玉山麓の共同墓地まで運搬してここに埋葬し、後日何人の死体なるかを知らしむる為め、その墓上に三人の認識票を載せて置いたのであった。当時は正しく彼我敵愾心の絶頂に達していた時で、露軍より見ればこの三名は八つ裂きにしてその肉を啖《くら》うも尚飽き足らざるの時であったろう。よし左様なことがあったとしても、或いは怒りの余りに出た過ち、無理ならぬ事として看過されたかも知らぬ。然るにかくの如き丁寧なる埋葬をなし、その認識票まで懸けておいてくれるとは真に感謝すべきことではないか。露軍は戦いには負けたと雖もしかも我が軍に取っては真に好敵手であった。事の成敗は天にある。成敗のみを見て直ちにこれを侮るは愚である。我等は露人の真価を解した。露人も亦我が軍の真価を解したであろう。互いに真価を解して初めて親密なる握手をなすことが出来る。戦争は兎角両国民の猜疑より生ずるもの、猜疑は国際平和の最大の敵である。然り而して両国民はひとり識者のみ相解するを以って足れりとせず、国民凡て相解するに至らねばならぬ。政府者のみ称して親善なりとし、国民の一向与《あずか》り知らざる如き親交は何にもならぬ。

二十八日、戦場掃除は全く結了を告げたので、二十九日は旅順各砲台を見物するに終日を費やした。即ち松樹山、二龍山、東鶏冠山の三大砲台の外無数の小砲台悉く視察を遂げた。松樹山砲台は我が軍の爆破に依って全く中心より破裂し堅塁の跡見るに由なきも、その外壕は深さ丈余天然の岩石を利用して垂直に掘開し幅亦丈余に及び、壕内には側防穹窖《きゅうこう》を設け、その防備の完全なる驚嘆に値する。而して大小二十二門の砲はこの砲台より我が軍を苦しめたのである。二龍山、東鶏冠山、亦松樹山に

写真⑥　奉天北陵（正殿）

劣らざる堅塁で戦争当時前者には二十一口径十五珊《サンチ》加農《カノン》砲外殆ど五十門近くを備え、後者には克式《クルップ》八珊七密《ミリ》野砲外諸砲二十五門以上を備えていたのである。山として砲台ならざるなく、また補備砲台をも備え殆ど旅順背面の全部が砲門を開いていたと称して差し支えない。真に難攻不落である。東鶏冠山で愉快であったのは、我が二十八珊砲の巨弾彼の厚きベトン製穹窿形窖壁《きゅうりゅうけいこくへき》を貫徹し、窖室内に破裂した跡を見たことであった。

三一　奉天観光

十一月三十日、我等は旅順を出発して奉天に向うことになった。金州で乃木中尉の遺骨を受領し、夜の十時半奉天に着き、停車場の近くに泊った。翌二日は奉天の見物をなすべく宿屋を出て北陵に向った。北陵とは即ち愛親覚羅氏祖廟の地である。ゆくこと一里半、北陵の大森林に達した。満洲の平原地とし言

写真⑦　奉天北陵聖徳碑殿及隆恩門を望む

えば、何処を見ても黄砂漠々たる野原ばかりで、この様な樹木の多い所は嘗て見ない。で何となしに久しぶりで日本へでも帰った様な心地がし、誠に愉快に感じた。やがて第一門に達すれば、我が兵卒これを守備している。穹隆形の三個の入口を有しているが、中央の入口は何人も入ることを許さない。門内に入れば両側には大理石をもて刻んだ象、獅子、馬などの像並列している。更に進んで第二門を入れば大なる石造の亀の甲の上に大なる碑が立っている。亀は長さ二間余、幅一間半、しかも全く一つの石で出来ている。この門を入ると初めて宮殿がある。周囲は流石に丹碧を凝らし、輪奐の美を極むるも、北方の丘より内部を望めば甚だ不潔である。しかし守備兵があって内部に入ることが出来ぬからここから立ち帰った。

正午、奉天に帰り着く。奉天は内城と外城との二重の城壁を以って囲まれ、内城は煉瓦造の壁であるが外城は土壁である。思うに初めは内城ばかりであったのだろうが人口の増殖により更に外城を造るの必要を生じたのであろう。しかし今では最早外城の外にも多数の商家が櫛比している故、早晩恐らく更に外々城を造らねばなるまい。

奉天市内に入ると幸いなる哉、我が師団長閣下も奉天見物に来られたのに会し、従って軍政署に行き奉天宮殿の内部拝観を願い、見物することが出来た。宮殿は一門は支那兵、一門は日本兵之を守備し、宝物室に至れば清朝の皇祖、純皇帝の御物たる衣冠刀剣などあり、極めて美麗である。転じて第一宮殿に入れば掃除の行き届かぬ為めか蜘蛛の巣、塵埃など堆く、余り美しくない。更に進んで奥殿に入れば愈々以て不潔である。一体支那の宮殿は奥に入るほど人の出入を厳禁するので掃除が届かぬものと見え、紅葉満階黄不振《こうようまんかいこうはらわず》、人をして魔境に入るの感あらしむる。

宮殿の拝観を終り、かねて奉天南門内に支那料理店の高尚なものがあると聞いていたので一つ試みてみようと該家に行った。家は流石に清潔にして美麗である。案内されて小室に入ると土間には椅子と支那風のテエブルが置いてある。先ず口取として出すのは南京豆、次にボーイが来て料理の名を記した小板を出す。紹興酒を錫製の徳利に入れて持って来る。他は適宜に取り計らうことを命じて、二三品を食する間、ボーイは常に傍に侍して命を待っている。尚この室には一個の床があって中に二個の枕がある。外から火を焚いて床を暖める様にしてある。「何の為にこんなものを置くのか」と聞けば、「酒食終わった後枕に就き横臥して阿片を喫するのだ」という。シテ又二個の枕は、支那芸妓を招く時の為であるが、しかし支那芸妓は別に淫を鬻《ひさ》ぐ訳ではなく、客と相対して阿片を喫し、興を添えるので、又笛を吹き三絃を弾ずるのは椅子に於いてするのだという。予はボーイの説明をフフンフフンと聞きつつやがて代を払って出ようとすれば、ボーイ慌しく予を引き止める。「何か」と聞けば、ボーイ「賃をくれ」という。成程と肯いて二十銭銀貨一個を与うれば、再拝三拝して送る。現金な奴だ。

宿舎に帰ると予の同期生たる旅団副官是永中尉来訪し、旅順攻囲の頃のことなど細々と語り合い、深更に及び辞して帰った。中尉と予とは九人の同期生中、出征以来不思議と敵弾にも当らず、とうとう今まで生き残ったので殊に親しみを覚えたのであった。

明くる三日十一時三十分、奉天を発して北に向かう。途中田義屯を望めば白雲濃かに閉ざして見れども見えず、ただ当時黄塵の中に敵襲を受けた事、重傷者の惨状などを思い出して懐旧の感を深むるのであった。午後四時十分、鉄嶺に着し、一泊して翌日連隊に帰った。

奉天や鉄嶺の町を通過して殊に羨ましかったのは毛皮の廉《やす》いことであった。旅順の温暖なことは奉天に来て初めて分かる。旅順は周囲山を以って囲まれている故、風は当たらず日本内地とさしたる変わりはない。商業地としては範囲広大なる奉天にはとても及ぶべくもないが、別荘でも設けるには至極結構である。

三二　軍旗祭及大吹雪

十二月十九日は我が第一連隊軍旗の御親授せられしより実に満三十年を算する好記念日である。この記念すべき日を戦後の滞在中に迎うるとは我が連隊の歴史上に特筆大書せらるべき事柄ではないか。そこで老辺にある我が連隊では大いにこの祝日を壮んにしようと企て本部の北方に大いなる舞台及宴会場を設け軍司令官を始めとし、師団長、旅団長を招待した。この日、朝来雪降り寒風吹き荒るる中を彼方此方より来集する来賓十一時までには盡く参着しここに連隊は、明治七年以来、内戦一回、外戦二回、其間幾十百回の戦闘に参加し、幾万の勇士を其下に集め櫛風沐雨弾丸雨飛の下を潜って来た名誉ある軍旗に対し、分列式を行った。白雪面を打ち、銀沙靴を没し、刀を捧ぐるの手凍えて自由ならざるに、乃木将軍閣下はただ一人、防寒用外套も召されず、雪中に立って式を観覧せられた。

式終わって宴会場に入れば、先ず舞台上で爾霊山の詩により剣舞するものがある。酒酣なるの時、狂言は始まった。外題は『義経千本桜』、連隊長の発案で婦人の一名も出ぬ狂言をやろうと、あれこれ選択の結果定められたものである。軍司令官先ず椅子を進めて観覧せらる。義経吉野を落ちんとし、忠信、継信の二兄弟あり、忠信、義経の身替わりとなりて死し、継信、義経を護りて陸奥に下り、また忠死す。兄弟忠死の美しき物語を目のあたり劇に見て、将軍の感抑も如何であったろう。この日、第一師団長飯田中将閣下の観軍旗祭と題して作られた詩、及び乃木将軍閣下のこれに次韻せられた詩に曰く、

軍容整々幾千人　辺境閲兵氷雪晨
百戦威風無勁敵　一竿旌旆是精神　（飯田中将）

演来義士與仁人　吉野山中風雪晨
何計一滴男児涙　真実至誠感鬼神　（乃木将軍）

午後三時頃、来賓の多くは辞去せられたが、連隊の将校は尚宴を止めず、痛飲淋漓、高談縦横なるもの幾時、夕方になって漸く辞し去るのであった。朝来の風は五時頃に至って暴風となり、雪は積もること八寸余、予は連隊本部に至り暫く休憩していると、連隊長は「宿泊して行け」と勧められたが、満洲の大吹雪に夜行をするものも青年時代の経験の一つになるであろうからと、これを辞し、勇気を鼓して帰途に就いた。吹雪は益々その威を逞しゅうし、雪は細かいけれども堅きこと鉄粉の如く、目

と言わず鼻と言わず遠慮会釈もなく打ちつけて、風に面しては一歩も進むことが出来ぬ。そこで少しは迂回になるけれど、大隊本部を経て帰ろうとした。烈風一たび吹き過ぐれば眼瞼たちどころに凍結し、一寸前をも見ることが出来ぬ。あまつさえ道はまるきり知る由もないから、始め取った方向を誤らぬ様にと注意しつつやや半途に達したと思う頃、酒は全く醒めはて寒さ身に沁み渡って最早一歩も進めるのが厭になった。ふと見れば、数十歩先の地下から僅かに火光の洩るるを認め嬉しや我が遞歩哨なりと急いでゆくと、彼等は天幕を以って上を覆い地下に深く横穴を穿ち焚火して暖を取っているのであった。予は急いで中に入り休憩したが横穴なれば風当らず、頗る暖かくて蘇生の感がある。哨兵等も予の身体を心配し僅かしかない燃料を少しずつ焚いて予に御馳走してくれる。予は漸く人心地に返り、

「今夜は危険だから任務があったら必ず一人では遣るな。二人で同行して過失がないようにせよ」と戒め、やがて辞して立ち帰ろうとすると彼等は予を送ってくれるという。命令を伝えるのでもない。報告でもない、単に行路の人たる予を送る理由があるものかとその好意を謝して外に出ずれば、再び面も向けられぬ大風雪千辛万苦の末漸く上屯なる大隊本部に着くことが出来た。

ここで元気を恢復せねばとてもこの先が六ケ《むずか》しいので、先ず一酌を試みて体を温めやがて辞去して騎馬其勾《きばきこう》へ向かった。この間僅かに七八百米突に過ぎないが風に向って真北に進むこととて、借りて

きた提灯はひとたまりもなく吹き消されてしまう。点火しようと思って金属製の鎖を咥えたところ俄かに歯に凍りついて取れない。ぶらぶらと口から下がっている。暫く風下に向いて両手で口の周囲を覆いハッハッと力の限り息を強く吹きかけ漸く氷結をゆるめて引き離すことが出来たのは滑稽であった。これでとうとう提灯も無効、真っ暗がりの中を七転八倒して雪まぶれとなり漸く騎馬其勾に着したが後で考えてみればどうしてあの風雪の中を無事に帰ったものか我ながら天祐の感なきを得なかった。

元来、満洲の村落は皆土壁を以って周囲を覆うので、全く火気の洩れることがないから普通の夜と雖も行軍するのは容易ではない。おまけに支那人の多くは高い油を灯すのを惜しんで、日が暮れると直ぐに寝てしまうから数千里の平野一点の火光なきことがある。で、土人は夜道を歩くなどということは想像だもしないらしい。この晩、予より少しく後に連隊本部を出発した某大尉の如きも途中で道を失し、その中《うち》に地隙に落ちて登ることが出来ず、辛く登ることを得て予の中隊の某分隊に休憩した時の如きは全く人事不省の有様であった。この夜は実に寒暖計摂氏零点下二十八度を示していた。

最早練兵も出来なくなったので、皆無聊を遣るために種々の手段を案出するのであった。予は部下に一人日本画家があったので、この人から画を学び絵葉書の製造に余念もなかった。年は暮れようとするが松がないから飾りも出来ず、臼がないから餅も搗けない。ただ借金取りの鬼が駆け回らぬだけは内地よりは余程天下泰平だ。

兵卒の中には無聊の余り支那人から道具を借りて豆腐などを造るものがある。又は墓地の樹木を伐ってその枝で炭焼きなどをやっているものがある。よくよく退屈の凌ぎ様がなくなったものと可笑しくなる。予備の将校などは兵卒から、義太夫、手踊りなどを習い真面目くさって稽古をやっている様実に滑稽でこんな年の暮もないものだと思う。

大晦日には予の故郷から贈られた蕎麦粉を以って従卒に蕎麦を作るべく命じたところ捏ねる間に氷結して上手く行かぬと言う。それでも一生懸命捏ね上げて、さてこしらえ上げたものを見れば、太き事兵隊の指の如く短き事三十年式銃弾の如き不格好極まる蕎麦だ。中隊将校と共に会食して大晦日を送った。

三三　戦場余談

いよいよ我等の凱旋は近づいた。予はここに最後の挿話として戦場に於ける滑稽な話、変わった話を物語り一まとめに記憶の大掃除をやろうと思う。

全戦役を通じて最も苦しかったのは上陸当時であった。予等は明治三十七年五月上旬、遼東半島の某地に上陸してより、直ちに金州北方約一里の十三里台に前進し、五月十六日、この地において敵と第一回の戦闘を交え之を撃退したが、それ以来二十六日南山攻撃に至るまではこの地に防御工事をなし日夜警戒に努むるの必要あったが未だ後方兵站線も完成せず、糧食の輸送自由にならざる為屡々《しばしば》乾干《ひぼ》しになりそうで、おまけに夜となく昼となくガチガチと土を掘って防御工事をなすこととて、腹の減ること夥しい。そればかりならばよいが二斗入りと称して小隊に分配せらるる米は、輸送の中に不心得な者でもあったのか、何処でもという訳ではあるまい、予の所ばかり不運にその選に当ったのかも知れぬが、屡々一斗七升位となり、甚だしきは一斗五升位となってしまって、各人に分配すると一日六合ずつのものが僅か四合か四合五勺になってしまうので、皆粥となして腹を充たし、戦闘ある日にだけも飯を食べようと僅かばかりを取って貯蓄して置いた処、天何ぞ無情なる、この血の出る様な思いをして取って置いた米も何時の間にか無くなってしまった。予は自分の肉を剥ぎ取られた程辛く感じた。で、当時は将校と雖も支那人のもろこし饅頭を一個五銭という法外の値で買い、辛《から》く腹を充たすのであった。

煙草の無いのも辛かった。この頃、兵卒は将校の吸った吸い殻、それも将校とて欠乏しているのだから、沢山の吸い余しもないキナ臭いのを拾って数人で分けて喫する有様、煙管を持っているものは支那人の煙草を得て飲んだが支那煙草は大きな煙管で吸うには適するが、日本人の持っている小さい煙管では碌に吸えぬ。そこで蜀黍の毛を取って喫しながら言うのを聞けば「脂《やに》の多い煙管なら味があるが、脂がないから煙草の味がしない」煙草の脂まで貴重なものとなったのである。

五月二十四日夜、予等は第一線から交代して予備隊となり、十三里台に至り宿営したが頻りに便意を催すので便所を探したが見付からぬ。そこで月明を利用し石垣を以って取り囲んだ好い場所を見付けて大便をしつつ前を見ると何人か真っ黒な人間が立っている。ハテ誰だろうと用を済まして近寄って見ると、驚くべし、露兵の黒焼きになった遺骸が立っているのであった。これは支那人の仕業で露兵を憎む余りこの暴挙に出たものであろうが未開の民の平然として蛮行を行うには驚くの外ない。

金州を守備している頃、予は支那料理を食べたくなったので、とある儒者の家にゆき、豚肉代一圓を贈って「料理を拵えてくれ」と依頼したところ、「今夜晩餐の時に来い」というので友人と共に赴いたら、驚くべし、その御馳走なるものは、粟の粥、ゆで卵及び小麦粉の中に豚肉と大蒜《にんにく》とを細かく刻み込んだ饅頭様のものの三種ばかりである。ゆで卵位なら自分だって食える。粟の粥はどうも食べられないし、大蒜の悪臭は鼻を突いてどうしたって食べられたものではない。食わずに帰るも変なものだし二人で顔見合わせていたが、「持ち帰って上官と共に食べるから」と言って大蒜の肉饅頭を十ばかり貰って帰ったのはいやはや廉くないことであった。これに反し、予が柳樹屯守備隊長たりし時、支那の端陽の節句に、蓮泰という我が大阪にまで支店を有している豪商から招かれて御馳走を受けた時には、出るもの出るもの皆美味ならざるはなく、予は始め十皿ばかりをたいらげたが忽ち満腹し、四十種余りの料理を半分も味わうことが出来なかった。商人の料理と儒者の料理、好個の対照である。

南山戦を始めとし、露軍の各陣地を占領する度に、常に見受けるのはトランプの散乱していることと、散兵壕内に大便のしてあることであった。露軍の中には余程賭博が流行していたものらしく、小説などに見える彼等の悪風は今尚止まぬものと見える。また日本兵は自己の拠れる散兵壕は、之を枕として討死にすべきものと心得ているから、決して不潔にする様なことはしない。之に反して露軍の退却した跡には必ず至る所に大便をしておくには驚くの外はない。『糞でも食らえ』という考えでいたのだろう。

初めての戦闘では何人も睾丸が吊り上がるものと見え、旅順外防御線攻撃の前夜、わが中隊の将校は皆陰毛を切っていたのは、実に滑稽至極であった。蓋し弾丸雨注の中に入り、我を忘れてしまう時には、陰茎も睾丸も盡く縮小して気海丹田に没してしまうが、戦闘終わって己に帰ると彼等は再び膨張してくるので、この時陰毛の為に負傷すること少なくない。それで切り取ってしまったのであった。鉢巻山戦闘以後は最早慣れてしまって彼等も平然と股間に存在していたが、彼等に取っても狭苦しい腹の中に吊り上がるのは苦しいことであったろう。

旅順攻囲戦の如何に小銃を無視した戦であったかは次の事実でも判る。或る日の事、幕舎から火事が起こって外套類は持ち出したが、武器は出す遑《いとま》なくその儘焼いてしまった。取調べの際「何故武器を出さなかったか」と問うと兵卒は「旅順攻撃では小銃は効力なければ、却って外套の方が重要だ」という。

北進行軍の途中、南瓦房店に着し、雪降り積もった中を便所に行かんものと諸所を捜し廻ったが、やがて周囲に土壁ある格好な場所を見付け中に入ると、中央に黒き穴あるを幸い、いざ跨ろうと足を延ばした。途端に俄然、この黒い穴は跨下を飛び出してしまった。能く考えれば豚の寝ているのを穴と見違えたのである。また北進後、劉二堡《りゅうじほ》なる村で宿営地附近の目算測図に出たことがあった。この時も頻りに便意を催して来たので、周囲に土壁のある土人の野菜畑に入り放列を布いたところ、何処からか突如として数頭の豚現れ、予を包囲して攻撃し始めた。予は手近にある高粱を取って之を追ったが、彼等の頑強なる前に払えば後に現れ、右に追えば左に出で、予一人ではどうすることも出来ぬ。止むを得ず陣地を変換して彼等に旧陣地の遺物を与え、新陣地で漸く目的を達した。

法庫門附近にいた時、この辺の小流に泥鰌《どじょう》の多いことを聞き、小隊全部で掻掘りに出かけ、五六貫目を得て直ちに之を料理し、大いに舌鼓を打った。この辺の支那人は泥鰌の食えることを知らなかったと見え、これを見て大いに驚いたそうである。尚この辺には牛蒡《ごぼう》がなく、ただ山野に野生するのみで野生のものを掘って料理に用いたが、これも中々美味であった。

尚序《ついで》を以って満洲の地理風俗につき見聞した所を一つ二つ記そう。南満洲は南満鉄道以東の地区は悉く山地で満洲の富源は実に遼河流域の平野である。気候は全く大陸的で酷寒にして酷暑、六七八の三箇月は所謂《いわゆる》雨季で、一昼夜と晴天の続くことなく、多くは午前は焼く如き炎熱で午後は大雨盆を覆すように降る。而して渺茫《びょうぼう》として千里の平野、一樹の目を遮るなき有様であるから、この雨水は凹所に貯溜し、又は大なる地隙を作って遼河に注ぐのである。この地隙なるものは全く我が日本では想像だもなし得られぬもので平野の間に突然発見せられるのである。道路は勿論自然の儘に放任せられ、何等の手入れをなさぬこととて、雨季に至れば全く小川と化し交通は全然杜絶する。故に土人は毎日家の中に引き籠り阿片を吸い、賭博を行って日を暮らすのである。十一月より三月までの極寒時も亦同じである。

土人の労働季は四月及び五月で蜀黍及び大豆を植えておき、雨季に於いてその雨量多きを喜び、いながらにして蜀黍の成長を楽しみ、十月に至ってこれを収穫する。満洲に馬多きことは驚くべく、彼等は単に船に代わる唯一の交通機関たるのみならず、また農業上唯一の機械である。各家必ず四五頭ずつの馬・驢馬を飼い、馬を以って耕し、馬を以って収穫し、馬を以って挽くのである。満洲土人の農業の有様は実に悠長極まるもので、種子を蒔く時には先ず大なる鋤をば馬に曳かせ、土人は長き煙管を口にし、ただ鋤を真っ直ぐにして馬の後から付いて行く。外に一人の土人、やはり煙管をくわえつつ大いなる瓢《ひさご》に種子を入れたるを斜めにし、その尻を敲きつつ小さき口より種を落として歩く。これで播種が終わる。やがて種子は碌に人手を加えずして発芽し成長し、再び馬を以って根を鋤くのであるが、この時と雖も彼等は尚その口から煙管を放たぬ。十一月の収穫時に至り、彼等の手は漸く動き出すがやはり口に煙管をくわえてやるので、大きな煙管をよくも根気よくくわえているものと不思議に思われる。刈り取った高粱、豆などは馬車に載せ何人の畑をも構わず通行して家に運び、屋外に山の如く積み上げ漸次之を粒とするので、日本の様に雨が降らぬから屋内に入れる必要がない。彼等はこれから蜀黍の穂を切取り、大豆はその儘で粘土を以って固めた庭の上に乾し、大きな円柱形の石のローラーを馬に曳かせてその上を歩かせると訳もなく粒となり、直ぐに取って屋内に貯える。これを更に粉にするには、大なる円形の石の台の上にその半径位な石を載せ、石の中央を軸とし驢馬をして石を曳き廻さしめ以て粉にする。この間、驢馬は常に目を縛して曳かしむるので眼の見えない驢馬先生、真っ直ぐに進んでいる積りで一つ所をぐるぐると走り廻る。眼を縛らなければ動かないということである。

彼等はまた多くの豚を飼い、一家にして数十頭を飼うものは珍しとしない。これらの豚は昼は原野に放ち、夕方は家に呼び入れて蜀黍の糟を水に混じたものを与える。一般に満洲の村落には共有の原野があって、ここに家畜を放っておくが、彼等は至極従順で作物を荒らす様なことは滅多にない。

驚くべき事は土人の家に便所の無いことで、大抵は家の両側にある土製の煙突の陰で用を足す。厳冬の際には小便は氷結して氷の山を現出し、容易に近づくことが出来ぬ。もっとも彼等の糞便は粗食の為か、あたかも馬糞の如く容易に乾固するので、甚だしく悪臭を放たないのは面白い。彼等の豚は能く糞便の掃除をするが、それともそうそうは食い切れぬと見えて随分彼方此方に乾固《ひすば》ったまま散らばっている。

最も不潔なのは彼等の衣服で洗濯することなどは勿論知らず、入浴もしないから、とても傍に寄れたものではない。虱の如きは普通の事として取ることもしないのである。彼等はまた裸体となることを嫌うようである。

三四　凱旋

明治三十九年の春も満洲で迎えられた。詞友、天山釈師は一絶を贈って曰く、

百戦功成茲領春　　平和克復国威新

今朝先祝我皇壽　偕楽四千餘万人

思えばこれ平和克復第一の春である。日本帝国の国運に更に新たなる前途の開かれた第一の新年である。万民斉しく我が皇の壽を祝い奉る、何の喜びかこれに如こう。

一月十五日、久しく滞在した騎馬其勾を出発し、いよいよ凱旋の途に上ることとなった。土人等涕泣して予等を贈って言うよう「大人去るの後は直ちに馬賊に苦しめられるのだ」と。ああ前途には我等を迎うる幸福の民がある。後には我等を送る不幸の民がある。この憐れなる民の、明日からの身の上を思えば流石に別離の悲しみなきを得なかった。

双樹子に一泊、十六日鉄嶺に着し、十八日鉄嶺を発車。この日寒気摂氏零点下三十度に及ぶも、予等は尚車窓から首を出して鉄嶺山上を眺めやり、何れの日かまたこの山を越えんなど打ち語らいつつ名残を惜しむのであった。寒さを防がんものと鉄嶺で求めた瓶詰めの酒を取り出せば忽ち結氷して氷を飲むが如く、何の効もない。午後五時頃奉天に着、十九日大石橋にて朝食、午前十一時熊岳城、更に進んで瓦房店にて夕食、二十日午前一時二十分大連に着いた。検疫を終わりて宿舎に着いたが、この宿舎は満洲軍の倉庫を改造して急造の兵舎としたもので、どれもどれも同じ形だから屡々《しばしば》自己の兵舎と間違えて他隊へ紛れ込み滑稽を演ずるものがあった。この日午後、大連の町を見物したが、例の大規模なる露人の仕事には驚くの外なく、大国民的性情はいかにもその中に見えて、速やかに日本人も島国的根性を打破せねばならぬなどと感ずるのであった。

明くる二十一日午前十一時、「河内丸」に乗る。やがて汽笛一声、六千一百噸の大船は予等を載せて静々と動き出した。この瞬間、予の感慨は抑々如何。千万無量、記すに筆なく語るに言葉もない。遥かに旅順の空に向って合掌し、陣没の諸友に永き別れを告ぐるのであった。

晩餐の食堂はやがて開かれた。至れば美酒佳肴卓上に満ち、不自由なる戦陣の生活に慣れた身はただ目を驚かすばかりである。予の凱旋の楽しみは蒲団に寝る事、鮪の刺身を食う事、牡蠣の三杯酢を食う事の三つであったが、この夜既に後の二者は満たされ、ただ蒲団の上に寝ぬだけであった。

二十二日は終日、朝鮮の西南岸を航走し、翌二十三日午前七時起床、甲板に上って遥かに北を望めば、一小島の模糊として雲烟に中に横たわるものがある。ボーイに問えば「これなん日本海大海戦の跡なる沖ノ島である」と言う。当時快戦の壮観そぞろに偲ばるるのであった。九時三十分、早くも六連島はわが船の行く手に見え始めた。外征二年、今再び故国の山を見ると思えばただ訳もなく涙がほうり落つるのであった。漸く近づけばその風光の明媚なる、黄砂千里の中に住んでいた身にはさながら仙境に入ると思われ、なるほど日本はよい国だと思う。午前十時半、馬関海峡に入れば、両岸より打ち上ぐる花火の音は、万歳の声と和して、耳も聾せんばかりである。午後六時半、宇品港に着し、翌二十四日午前十時三十分、久しぶりで日本の地を踏んだ。

上陸第一に予等の眼を惹きつけたものは何？　荘麗なる凱旋門か、然らず、緑髪雪肌の日本美人か、然らず、予等の前に立ち、後を追い、熱誠以って万歳を唱うる小学児童の優しき顔であった。午後四時、広島に着いたが、その殷賑驚くの外ない。日本に来て初めて気が付いたのは日本人の矮小にして何となく忙しそうに歩んでいる事であった。生存競争の激しき結果、自然と人の心に落着きがなくなったのであろうが、悠長なる大陸の民を見た目には何となく物足らなかった。

広島には五日間滞在した。二年振り蒲団の上に足踏み延ばして寝た心地好さ、寿命が三年も延びるかと思われた。牡蠣はこの地の名物だから、毎日毎日三杯酢にして食べたが、毎日ではどうもなどと早くも贅沢の心が起こった。凡夫の浅ましさ、喉元過ぎれば直ぐに熱さを忘れてしまうのである。

一月二十九日午後六時五分、広島を発車、山陽鉄道株式会社からは各人一本ずつの手拭を寄贈された。当時会社は実に親切に我等を待遇せられた。西條に下車して夕食を認《したた》むれば、数十名の少女、女教師に指揮せられて軍歌を歌いわれらを慰める。歌は首山堡に苦戦せし関谷連隊を追悼せしもの、歌詞悲哀深き感動を我等に与えた。

午後九時半、糸崎給養停車場に下車し、小学生の書画を以って飾られた食堂に入り、一酔一眠いつしか夜を徹した。翌朝午前十時姫路通過、十一時五分明石に着いた。路傍の児童、列車の両側に集まり来り、声の限りに万歳を唱える。これら小国民の熱心なる歓迎ほど予等の心を動かすものはない。予等は嬉しきの余り、蜜柑を数多取り出して窓外に投げたが、彼等は見向きもせずただ万歳を唱えるのみである。予等は益々喜んだ。満洲鉄道で南下した時には、停車場毎に支那児童群れ集い、麺麭麺麭《パンパン》と叫び、蜜柑の皮を投げてさえ先を争うて拾うのに、日本の児童はこれを顧みるものもない。流石は日本の児童よと愉快の余り思わず涙が出た。

大阪、米原、名古屋を経、車上に跪坐して遥かに大廟（注・伊勢神宮）を拝し、三十一日午前七時、浜松に着いた。朝食に給仕の労を取られた愛国婦人会の貴婦人、紀念帖を取り出して何か書けと勧めらるる。ハタと当惑したが婦人に恥をかかせるよりは自ら恥を曝すに如かぬと考え、拙い筆で左の一絶を記した。

一年過半遠征身　露宿風軒浴塞塵
旅順奉天如一夢　凱歌看得故郷春

これは予の凱歌である。米原から名古屋に向う途中、大廟を拝するまでは眠るまいと思い、眠気を防ぐためこの詩をこね上げたのである。

午後十一時二十九分、湧くが如き歓声に酔眼を開いて見廻せば、列車は既になつかしき帝都の入口、品川停車場に着いているのであった。いそいそと下車すれば万歳の声は愛宕山を動かし、品海の波も躍らんばかり、提灯の火は巷に充ち、予はただ無我夢中である。時に成城学校以来の同窓江澤中尉、予を迎うべく来れる。握手して一笑し、暫くは言葉なく、やがて中尉の外套より取り出して薦められたる正宗を飲む。其味はまた別であった。知人後藤氏も亦迎えに来られた。麻布区民の熱誠溢るる歓迎の声裡になつかしき我が歩兵第一連隊の営門を入ったのは明治三十九年二月一日の午前二時であった。三十七年三月十九日営門を出でてより、実に二星霜である。

国を出でては生還を思わない、一身を君国に捧げて、父をも母をも忘れている。しかし帰って来ては一日も早く仰ぎたいのは父母の温顔である。然るに予の父母は何時迄経っても出京せられない。何故かと待ちもどかしくのみ思うていたが、父母は予の為に美しき衣服を着せんとかくは出京の機が遅れたのであった。予などは衣服などは念頭にないのに、親の身に取って見れば学生時代の衣服ばかりではなどと考えられたのであろう。二月中旬、絶えて久しきたらちねの父上母上、新調の衣服を持って上毛の山間より出京し給うた。予は先ず母の衰えの甚だしいのを見て泣いた。予は母に向って言うべき言葉を知らず、ただ一言、

「御心配を掛けまして……」

というの外なかった。母上も喜びの余り暫くは面も挙げ給わぬ。

ああ、予の一生はこの「御心配」の語に盡きている。今日の予は実に天下の不孝児。ただ天命の長きを恨まんのみである。

三五　終焉記

餘命も既に旦夕《たんせき》に迫って、本書もまた終焉を告げんとしている。予はここに記して謝しおくべきものがある。それは文章中上官に対し、閣下殿等の敬称を略したる個所の多きことである。これ予の本意にあらざるも、文勢上止むを得ずここに出でたもので一言謝しおかねばならぬ。また予は転地療養地たる茅ヶ崎に於いて、参考書なく、地図なく、唯一片の戦争中の日記を経とし、記憶を緯として造ったので、附図の不完全にして不足なることも深く読者諸君に謝さねばならぬ。尚予は本書を終わるに臨み、予の人生観を述べて、本書の結尾となしたいと思う。

大哲カント曰く、

「時間空間の形式内に現れたる可想界は、主観に対して現れたる世界即ち相対の世界、限象の世界にして、絶対の世界、真在の世界にあらず、併《しか》しながら知性に依って思考せらるる所の世界、即ち可想界は真在の世界なり。吾人は知性の力を借りて真在の認識に到達するを得べし」

と。人は相対世界に住して徒に煩悶している。カントのいわゆる可想界とは、この相対世界を超脱したる達観である。仏者はこれを涅槃と称し本覚と称する。人は相対世界に止まる間は遂に安心立命することが出来ぬ。独り達識の士、よく達観して大覚する人生を達観すとは、人生の目的を明らかにし、死を全く度外視するに存するのである。

人は何故に死を恐るるか。曰く生存より生ずる凡ての快楽を放棄せざるべからざるが故である。快楽は人生の目的ではないが、目的に伴う随伴者である。畢竟《ひっきょう》死を恐るるは快楽を無に帰せざるの欲望より起るのである。

相対界に於ける人生の目的を知らんと欲せば、先ず過去、現在に亙れる大勢を観察し、以って未来を断ずるの必要がある。初め人間は圧迫政治に甘んじていたが、人智の発達するに随い、自由を叫ぶに至り盛んなる自由競争の世となり、その結果はここに貧富の差をして大ならしめ、少数の富豪と多数の貧者と相制するに至った。そして自由を要求するの声は、平等を叫ぶの声となり、遂に今日の如く、社会政策を要求するに至ったのである。而してこの間に一貫せる欲求は、人生をして幸福ならしむるということである。由是観之《これによりてこれをみれば》、人生の目的は、人類をして福徳円満なる社会を構成せしむるにあるのである。

更に吾人は一歩を進めて絶対界に論及せねばならぬ。古人往々宇宙の解す可からざるを以って、直ちに人生解す可からずとなしたるものもあるが、これ大なる誤謬である。抑々《そもそも》宇宙の大より見れば、人生の如きはその中《うち》に蠢動せる一アミイバの歴史のみ、然るに人間往々尊大にして人生の知と宇宙の実在とを一致せしめようとする。これ豈に、二十世紀、三十世紀の業ならんやである。夫れ天の人類に最大の知識欲を与うるや必ず用あり、即ち可解より進んで漸次不可解を解せしむるのである。故に人、生あらんかぎりは広大無辺なる宇宙の解決に努力せねばならぬ。絶対の宇宙を解して然る後、絶対の人生を解すべきである。この論旨より、宇宙は解すべからず故に人生は不可解なりと断案するものがある。これまた甚だしき誤りである。無限の時間内に無限の知識欲を有する人類の進歩はまた無限でなければならぬ。往昔、世界は人類に取って不可解なる謎であったが、今日に於いては地球は人類の前に残る隈なく真相を明らかにせられ、殆ど狭隘を告げている有様である。広大なる宇宙と雖もまた如何ぞこの事無きを保し得よう。故に人生は知るべきを知り、行うべきを行い、而して後天に依頼すべきである。古来士志仁人の天徳を明らかにするに努めしは即ちこれである。

天とは宇宙である。天に頼るとは宇宙の心を以って相対界に臨むの謂である。宇宙の心を以って人生を見んか。何の為に喜怒哀楽する。笑うべきである。何の為に自ら苦しむ。笑うべきである。人生を達観するとは即ち宇宙の心に入って喜怒哀楽に囚われざるを言うのである。

吾人の死は、人生としてのエネルギーを消滅せしむるも、肉体をなす分子のエネルギーは他体のエネルギーと化して存在する。而して吾人の人格を為せし精神は、強くか、弱くか、長くその活動を続けてゆく。故に吾人は死を恐るるよりは我が人格の小ならんことを恐るべきである。

以上述ぶる所により、相対界は人類の居住地であるから、宜しく衣食住の道を講ずべく、生命財産の安全を図るべきであるが、絶対界は楽園であるから、須らく逍遥すべきである。前者を知りて後者を知らざるは、窮屈なる家を知りて公園を知らざる者の如く、笑うべきである。而してかかる精神界の研究は、古来衣食住に不便を感ぜぬ僧侶、牧師等の担任する所であったが、科学の進歩は信仰の自由を要求し、比較研究盛んに行われ、現今にありては一門一宗に偏倚するもの稀にして、各宗教の精を取って自己の人格を養い、人格は宗教以上に超越するに至ったのは最も喜ぶべき現象である。

之を要するに人生は、相対界にありてはあくまで人生の為に貢献すべく、人類の幸福を図るという念慮こそ人生の価値であって、この念の無に帰するはその人の無に帰すると同じである。而してこの念慮の盛んにして人格の偉大なる人はその身死すともその人格死せず、長くその力を後世に遺すのである。されば人類は産を治むると共に、人格の修養を努めなければならぬ。衣食足りて礼節を知るは、衣食足らずして尚礼節を知るの賢に如かぬのである。

（完）

解題

前澤　哲也

『鉄血』の著者・猪熊敬一郎は、一八八三年（明治十六年）三月一日、群馬県群馬郡白郷井村（現渋川市）に生まれ、地元の小学校を卒業後の一八九六年（同二十九年）十二月に陸軍士官学校への進学率が高く「私立の幼年学校」と称された成城学校（現成城高校、当時の校長は川上操六中将）に入学した。同校を卒業し、一九〇一年（同三十四年）十二月に士官候補生（第十五期）となり、翌年十二月陸軍士官学校に入学、一九〇三年（同三十六年）十一月同校を卒業、陸士同期生は七〇八人だが、その中には本文中にも度々登場する梅津（旧姓・是永）美治郎（大将・最後の参謀総長、ミズーリ号上で降伏文書に調印）のほか、河本大作（大佐・一九二八年〈昭和三年〉の張作霖爆殺事件の仕掛人、当時関東軍高級参謀）、徳川好敏（中将・最後の陸軍航空士官学校校長、大尉時代にアンリ・ファルマン機で日本人初の飛行に成功）らがいる。陸士卒業後は通常約半年の見習士官勤務となるが、一九〇四年（同三十七年）二月に日露開戦となったため、十五期生は見習士官のまま出征、その直後に少尉に任官した。

猪熊は、出征時は第三軍隷下の第一師団（東京）歩兵第一連隊（赤坂）付の小隊長であったが、八月の第一回旅順要塞総攻撃の際、連隊旗手・角田政之助少尉（陸士第十四期、群馬県利根郡赤城根村〈現沼田市〉出身）が負傷したため連隊旗手となった。戦闘経過は本書に詳述されているので省略するが、陸士同期生中一二七人が戦死（病死は除く。戦死率約一八％、なお歩兵科に限れば戦死率は二六％）するという激戦をくぐり抜けた猪熊であったが、戦争中の無理がたたったためか肺結核となり、一九一一年（同四十四年）八月二十日、茅ヶ崎の「南湖院」という結核専門のサナトリュウムで死去した。享年二十八歳。

猪熊の病状を悪化させ死期を早めたのは、歩兵第一連隊第五中隊中隊長代理（中尉）を務めていた一九〇八年（同四十一年）三月三日の兵士脱営事件だったと言われている。猪熊の厳しい訓練に憤慨した三十七人の兵卒が集団で脱営し、その結果、猪熊は同月十二日に「重謹慎二十日」に処せられた。当時歩兵第一連隊連隊長だった宇都宮太郎の日記が二〇〇七年（平成十九年）に刊行されたが、その中にはこの事件に関する記述も多く、猪熊の処分が決まった十二日には群馬から猪熊の兄二人が上京し、宇都宮に面会したことも記されている。宇都宮自身も「軽謹慎三日」という処分中だったが「謹慎中なるも本件に関係ある人の兄弟なりしと夜分なりし為め面会せり」とある。どんな会話が交わされたかは記されていない。この事件に関しては、大江志乃夫の歴史小説『凩《こがらし》の時』に詳しく描かれている。

自身の死期を悟り病床で妻に口述筆記させた『鉄血』は、猪熊の死後（九月一日）に発刊された。

日露戦争開戦から南山・旅順・奉天の戦闘、凱旋までの戦闘の描写が中心となっているものの、食事内容、現地住民との交流、糞尿譚、戦場掃除の様子などまでが、正義感の強い青年士官の目を通して、克明な、また時にはユーモラスな筆致で描かれた「本音の」戦場ルポルタージュの傑作である、といっても過言ではない。

『鉄血』は一九一一年（同四十四年）に明治出版社より発行されたが、本書では一九二九年（昭和四年）に発行された復刻版『熱血秘史　戦記名著集第一巻　残花一輪　鉄血』（戦記名著刊行会）を底本とした。

195　鉄血

『鉄血』関連年表

年	月	主要戦闘 **〈太字は『鉄血』記載箇所〉**
一九〇四年（明治三七年）	二	日露開戦 猪熊、歩兵第一連隊第二大隊第六中隊の小隊長（見習士官）として出征する **〈一、帝都より戦地へ〉**
	三	猪熊、歩兵少尉に任官（二十一歳）
	五	十三里台子の戦闘（死傷者日本軍一六九人、ロシア軍四五人）**〈二、上陸後の十日〉** 金州・南山の戦闘（死傷者日本軍四、三八七人、ロシア軍一、一一三七人）**〈三、南山の攻撃〉** 第三軍編制、第一師団はその隷下となる
	七	旅順要塞攻撃開始・前進陣地攻撃（二六日～二八日） （死傷者日本軍二、八三六人、ロシア軍一、三九五人） 前進陣地攻撃（三〇日）**〈六、旅順外防御戦の攻撃〉**
	八	大孤山・小孤山の戦闘（死傷者日本軍一、二一八人、ロシア軍不明） 高崎山・北大王山の戦闘（死傷者日本軍一、二五二人、ロシア軍不明） 第一回旅順要塞総攻撃死傷者日本軍一五、八六〇人、ロシア軍約一、五〇〇人）**〈七、旅順第一回総攻撃〉** 猪熊、歩兵第一連隊旗手となる
	九	前進堡塁群攻撃（死傷者日本軍四、八四九人、ロシア軍不明）**〈九、海鼠山攻撃〉**

	十	二八サンチ榴弾砲砲撃開始 第二回旅順要塞総攻撃〈一一、海鼠山守備二〉 （死傷者日本軍二、七三八人、ロシア軍四、五三二人）
	十一	第三回旅順要塞総攻撃〈一三、爾霊山攻撃一～一六、爾霊山陥落す〉 二〇三高地占領（死傷者日本軍一六、九三六人、ロシア軍約四、〇〇〇人）
	十二	東鶏冠山・二龍山・松樹山占領〈一七、攻撃後の状況〉
一九〇五年 （明治三八年）	一	旅順のロシア軍降伏〈一八、旅順開城～一九、入城と別離〉
	三	奉天会戦〈二一、奉天会戦一～二四、奉天会戦　四〉 （死傷者日本軍七〇、〇二八人、ロシア軍六〇、〇九三人、他に失踪二九、三三〇人）
	四	昌図附近の戦闘〈二七、昌図防御戦〉
	五	日本海海戦 （日本海軍　死傷者六五四人、水雷艇三隻撃沈 ロシア海軍　戦死四、八三〇人・捕虜六、一〇六人、撃沈・自沈・捕獲二七隻）
	七	猪熊、歩兵中尉に進級
	九	日露講和条約調印、日比谷焼き討ち事件、東京に戒厳令
一九〇六年 （明治三九年）	二	猪熊、凱旋する〈三四、凱旋〉

猪熊の中尉任官は『陸軍現役将校同相当官実役停年名簿　明治三十九年版』によると「明治三十八年六月三十日」となっているが、この年表では『鉄血』の記載通り七月とした。

著者　猪熊敬一郎（いのくま　けいいちろう）
明治16年（1883）群馬県に生まれる。
〃　37年（1904）日露戦争に歩兵少尉（翌年7月に中尉）として従軍。
〃　44年（1904）8月没。（詳しい略歴は「解題」を参照）

解題　前澤哲也（まえざわ　てつや）
昭和34年（1959）群馬県太田市に生まれる。同58年（1983）中央大学文学部史学科卒業。専攻は日本近代史。
著書
『日露戦争と群馬県民』（2004年・煥乎堂、群馬県文学賞〈評論部門〉他受賞）
『帝国陸軍高崎連隊の近代史（上）明治大正編』（2009年・雄山閣）
共著
『2005年度　松山ロシア兵捕虜収容所研究』（日露戦争史料調査会松山部会編）

2010年2月20日　発行　《検印省略》

日露戦争戦記文学シリーズ（一）

鉄　血

著　者　猪熊敬一郎
外　題　前澤哲也
発行者　宮田哲男
発　行　株式会社 雄山閣
東京都千代田区富士見2－6－9
TEL 03－3262－3231 / FAX 03－3262－6938
印刷所　日本制作センター
製本所　協栄製本

ISBN978-4-639-02123-0